Mist, Oma ist ein Alien
(und ich bin schuld!)

Bibliografische Information der Deutschen Nationalbibliothek
Die Deutsche Nationalbibliothek verzeichnet diese Publikation in der Deutschen Nationalbibliografie; detaillierte bibliografische Daten sind im Internet über http://dnb.d-nb.de abrufbar.

FSC
www.fsc.org
MIX
Papier aus verantwortungsvollen Quellen
FSC® C014496

Originaltitel: *How I Alienated My Grandma*
Die Originalausgabe ist 2015 im Verlag Scholastic New Sealand Limited, Auckland, Neuseeland, erschienen.

Text: Suzanne Main
Übersetzung: Christine Spindler
Covergestaltung: Grafisches Atelier arsEdition
unter Verwendung von Illustrationen von Marek Bláha
Vignetten Innenteil: © Getty Images/Thinkstock,
© lubashka/fotolia, © Zdenek/fotolia

ISBN 978-3-8458-2204-4

www.arsedition.de

Suzanne Main

MIST, OMA IST EIN ALIEN

(UND ICH BIN SCHULD!)

Aus dem Englischen
von Christine Spindler

arsEdition

PROLOG

Heute Nachmittag, um exakt 4 Uhr 23, hat sich meine Oma in einen Alien verwandelt.

Nein, das stimmt so nicht.

Heute Nachmittag, um exakt 4 Uhr 23, habe *ich* meine Oma in einen Alien verwandelt.

Ich hatte schon bessere Tage.

KAPITEL 1

Wenn ich geahnt hätte, wie sehr Mum die Vase im Flur mochte, hätte ich mir für meine Zielübungen ein anderes Objekt ausgesucht. Ich glaube jedenfalls, dass ich das getan hätte.

»Mike! Diese Vase hat meiner Urgroßmutter gehört«, zischte Mum, während sie die Scherben zusammenfegte.

»Puh!«, sagte ich.

»Was soll das heißen?« Mums Stimme hatte einen gefährlichen Unterton.

»Ich wusste nicht, dass es eine Secondhand-Vase war«, erklärte ich. »Und obendrein so ein altes Ding. Jetzt kannst du dir eine hübsche neue kaufen.«

Es stellte sich heraus, dass Mum zu Secondhand-Artikeln ein ganz anderes Verhältnis hat als ich. Nach dieser Sache war Mum jedenfalls gar nicht gut auf mich zu sprechen und ich hielt mich lieber eine Weile von ihr fern.

Ich setzte mich im Garten auf den Rand meines alten Sandkastens und kickte nach den Grashalmen. Selbst hier draußen konnte ich hören, wie Mum in der Küche die Töpfe auf den Herd pfefferte. Das waren die blödesten Sommerferien aller Zeiten. Mein Dad machte Überstunden, weil er an einem riesigen, total wichtigen Projekt arbeitete, und war deswegen fast nie zu Hause. Und ich saß die ganze Zeit über hier fest. Nach vier endlosen Wochen mit Mum und meiner acht Monate alten Schwester Grace fiel mir die Decke auf den Kopf. Es fehlte nicht viel und ich würde durchdrehen.

Hinter dem Gartenzaun hörte ich etwas scharren. Zwei riesige Augen, die wegen der dicken, quadratischen Brillengläser doppelt so groß wirkten, als sie tatsächlich waren, linsten über den Zaun. Ich lächelte. Mein bester Freund und Nachbar Elvis war aus dem Urlaub zurück.

»Hey, Mike«, rief Elvis. »Was machst du?«

»Ich lasse einen Drachen steigen«, erwiderte ich.

Elvis blinzelte. »Oh, ha ha.« Dann grinste er. »Hast du mal wieder Mist gebaut?«

»Ich habe mit einer Nerf Gun auf eine bescheuerte Vase geschossen und sie ist hingeknallt und in eine Million Scherben zersprungen. Woher hätte ich wissen sollen, dass man mit Munition aus Styropor solchen Schaden anrichten kann? Mum hat gesagt, ich soll ihr bis zum Abendessen aus den Augen gehen.«

»Magst du zu mir kommen?«, fragte Elvis. »Dad und ich

haben im Urlaub einen Metalldetektor gebaut. Wir könnten damit bei mir im Garten auf Schatzsuche gehen.«

Elvis und sein Dad erfinden und basteln ständig etwas. Das ist cool und nerdig zugleich.

»Genial«, sagte ich und wollte gerade den Zaun hochklettern.

»Elvis-s-s-s-s!«, kreischte da eine durchdringende Stimme. »Es gibt Tee-e-e-e! Komm und wasch dir die Hände!«

»Tut mir leid. Ich habe ganz vergessen, dass meine Cousins zum Nachmittagstee kommen. Ich muss los.«

So ein Mist. Jetzt würde der Nachmittag langweiliger werden als ein Barbie-Film.

Elvis schaute noch mal über den Zaun und merkte, wie niedergeschlagen ich aussah. »Hier, nimm ihn und geh damit in deinem eigenen Garten auf Schatzsuche«, sagte er, während er keuchend versuchte, den Metalldetektor über den Zaun zu hieven. »Wenn du etwas findest, gehört die Hälfte mir. Mach ihn nicht kaputt«, fügte er hinzu und bugsierte das lange Ding über den Zaun in meine ausgestreckten Hände.

»Als ob ich ...«, begann ich voller Entrüstung, doch da musste ich an den ferngesteuerten Helikopter denken, den Elvis von seinem Onkel zu Weihnachten bekommen hatte. Der Heli hatte den Absturz in Mrs Godfreys Fliegengitter nicht überlebt. Mrs Godfreys selbst war auch nur knapp mit dem Leben davongekommen.

Stattdessen versprach ich: »Ich werde ganz vorsichtig sein.«

»Alles klar. Bis später«, sagte Elvis und hob zum Abschied die Hand. Als er winkte, wurde ihm offensichtlich klar, dass er sich nicht mehr am Zaun festhielt. Er verschwand aus meinem Blickfeld und ich hörte einen lauten Rums und einen Schmerzensschrei. Elvis stöhnte, während er sich humpelnd zu seinem Nachmittagstee schleppte.

Ich drehte den Metalldetektor in den Händen. Er hatte einen langen, gebogenen Griff und am anderen Ende eine Scheibe von der Größe eines Kuchentellers. Ich musste nichts weiter tun, als das Ende mit der Scheibe über den Boden zu schwenken, und der Detektor würde piepen, falls sich darunter etwas Metallisches verbarg. Ich fand den Einschalter und fing an, den Detektor über dem Rasen hin- und herzuschwenken.

Es dauerte gar nicht lange, da piepste die Maschine laut. Mein Puls raste, als ich den Detektor neben mir fallen ließ. Ich bog die langen, trockenen Grashalme um und sah ein Stück Metall glänzen. Ich hob es auf. Was war es?

Ein kopfloser Zinnsoldat. Ich schleuderte ihn fort. Dann suchte ich den Rasen weiter ab, aber der Metalldetektor blieb stumm. Ich dehnte meinen schmerzenden Rücken, wischte mir mit dem Ärmel den Schweiß von der Stirn und sah mich um.

Am liebsten hätte ich aufgegeben. Wenn es in der Schule oder beim Fußball nicht gut lief, beteten meine Eltern mir immer vor, dass ich dranbleiben und niemals aufgeben sollte. Also blieb ich auch diesmal dran. Um ehrlich zu sein, hatte ich sowieso nichts anderes vor. Es gab nur noch eine Stelle, an der ich noch nicht gewesen war: unter den großen Bäumen am hinteren Ende des Gartens.

Nachdem ich eine Ewigkeit dort gesucht hatte und zu der Erkenntnis gelangt war, dass es in meinem Garten keinen vergrabenen Schatz gab, fing der Detektor plötzlich an, aufdringlich zu piepsen.

»Ja!«, jubilierte ich und boxte begeistert in die Luft. Auf dem Boden konnte ich nichts liegen sehen. Ich würde also graben müssen. Das Piepsen war so laut, dass dort etwas Riesiges versteckt sein musste. Ich schnappte mir eine Schaufel aus dem Geräteschuppen und begann schneller zu graben, als ein aufgeregter Hund buddeln konnte.

Im Nu hatte ich ein beachtliches Loch ausgehoben und stieß mit der Schaufel scheppernd auf Metall. Ich warf mich zu Boden und griff in das Loch. Mit den Händen räumte ich die letzten Erdklumpen aus dem Weg. Ein metallischer Gegenstand blitzte zwischen der Erde hervor. Er war nicht groß, aber er glänzte auffällig.

Ich zog ihn aus dem Loch und setzte mich ins Gras, um ihn zu untersuchen.

Das Metallding war etwa so groß wie meine Hand und krumm wie eine Banane. An der Oberkante hatte es auf halber Länge zwei Kerben, so groß wie ein Fingernagel. Das Ding schien aus leichtem, hellem Metall zu bestehen, das strahlend glänzte, obwohl es eben noch im Matsch vergraben gewesen war. Ich drehte es in meiner Hand und starrte es an. Ich hatte keinen Schimmer, was es sein sollte. Aber das machte nichts. Elvis würde bestimmt wissen, was es war. Sobald seine lästigen Cousins fort waren, würde ich zu ihm rüberflitzen und es ihm zeigen.

Ich beschloss, das Loch zuzuschütten, bevor Mum es sah und sich wieder tierisch aufregte. Ich steckte den Gegenstand in meine hintere Hosentasche und machte mich daran, dass Loch wieder mit Erde zu füllen. Zuletzt verteilte ich zur Tarnung noch ein bisschen Gras und Blätter darauf. Mum betrat diesen Teil des Gartens zwar nicht besonders oft, aber ich wollte kein Risiko eingehen.

Ich brachte die Schaufel in den Geräteschuppen zurück, und gerade, als ich sie aufhängen wollte, hörte ich, wie sich das Gartentor klappernd schloss. *Super*, dachte ich, *Elvis kommt mich holen.* Ich zog das Metalldings aus meiner Tasche und hielt es wie eine Pistole von mir weg. Den Daumen legte ich auf eine der Kerben. In dieser Haltung sprang ich aus dem Schuppen und zielte mit meiner improvisierten Waffe den Gartenweg hinunter in Richtung Tor.

»Flossen hoch«, schrie ich. Viel zu spät bemerkte ich, dass es Oma Nelly war, die vor mir stand.

Oma kicherte, hängte sich den Gehstock über den Unterarm und öffnete ihre geräumige Handtasche. »Pfefferminzbonbon gefällig?«, fragte sie und griff hinein.

»Ganz recht, Pfefferminz oder Leben«, forderte ich. Hitze und Hunger hatten mir ganz schön zugesetzt. Da kamen mir Pfefferminzbonbons sehr gelegen. Während ich wartete, musste ich grinsen, weil ich mir vorstellte, wie Omas Handtasche zuschnappte und ihren Arm abbiss.

Doch dann passierte etwas so Unerwartetes, dass eine fleischfressende Handtasche im Vergleich dazu fast alltäglich erschienen wäre.

Während ich herumstand und darauf wartete, dass Oma in den Untiefen ihrer Tasche die Pfefferminzbonbons fand, tat der Gegenstand in meiner Hand etwas. Es ist schwer, genau zu beschreiben, was passierte. Vielleicht hatte er zu vibrieren begonnen oder er hatte ein hohes, kaum wahrnehmbares Geräusch erzeugt, vielleicht war er auch heißer oder kälter geworden oder von allem ein bisschen – oder etwas komplett anderes. Ich weiß nur, dass er sich in meiner Hand plötzlich lebendig anfühlte und ich ihn fallen lassen wollte, aber nicht konnte.

Im nächsten Augenblick schoss aus dem Ende des Metalldings ein gelber Lichtstrahl, ergoss sich in die Luft und erreichte schließlich Oma Nelly. Der Strahl wand sich um ihren Körper, bis sie von einer Blase aus gelben Nebelschlieren eingehüllt war. Gefangen im gelben Nebel, begann Oma sich zu verändern. Auf ihrer Haut bildeten sich gelbe Bläschen, die immer mehr anschwollen, bis Oma aussah, als sei sie von einem gelben Schaumbad bedeckt.

Popp! Eine Blase platzte auf, und darunter war Omas Haut dunkelgrün und schuppig wie ein Eidechsenpanzer.

Popp! Popp! Popp! Immer mehr Blasen platzten auf und immer mehr Schuppenhaut kam zum Vorschein. Omas Kopf schwoll zu einer riesigen, hubbeligen Blase an, die als letzte zerplatzte.

Entgeistert musste ich mitansehen, wie die Riesenblase in einem gelben Schwall explodierte. Darunter kam ein schuppiger, grüner Kopf zum Vorschein, der die Form eines Menschenschädels hatte.

Aber im Gegensatz zu einem Menschenkopf hatte dieser hier glühende, grüne Augen mit tintenschwarzen Pupillen, die in den Augäpfeln vertikale Linien bildeten. Anstelle eines Munds klaffte nur eine Lücke und auch die Nase und die Ohren waren Löcher. Die gelben Schlieren waren verschwunden. Auf dem Gartenweg stand eine echsenartige Kreatur und hielt immer noch Omas Handtasche und den Gehstock in der Hand.

Oh nein, dachte ich, *diesmal wird Mum mich wirklich umbringen.*

Die Kreatur kam mit wackeligen Schritten auf mich zu. Sie ging so unsicher wie ein Baby, das gerade laufen lernt. Ich machte ein paar Schritte rückwärts, die ebenfalls alles andere als sicher waren. Wie sollte ich aus diesem Schlamassel jemals wieder rauskommen?

»Mike!«, rief Mum aus dem Haus. »Komm rein und deck bitte den Tisch fürs Abendessen.«

Ich schluckte. Ich konnte nicht riskieren, Mum heute noch mehr zu verärgern. Ich musste irgendwie mit dem

Riesenreptil fertig werden und dann schnell zum Abendessen kommen.

Wenn man einer furchterregenden Kreatur gegenübersteht, ist die naheliegende Reaktion davonzurennen. Ich hingegen atmete tief ein und hechtete mich auf das Wesen, das vor der offenen Schuppentür stand. Das Überraschungsmoment war auf meiner Seite, als ich es kräftig schubste, sodass es in den Schuppen stolperte. Ich packte die Tür, schob sie zu und knallte den Riegel davor. Jetzt war die Echsenkreatur darin gefangen. Nach dem Abendessen würde ich mir dann überlegen, was zu tun war.

Auf dem Weg ins Haus rieb ich die Hände aneinander. Die Haut der Riesenechse war eiskalt gewesen.

KAPITEL 2

Ich gab mir beim Tischdecken besondere Mühe. Ich knallte das Besteck nicht wie sonst lieblos auf den Tisch, sondern legte es ordentlich neben die Teller, die Gabeln links, die Messer rechts. Als ich damit fertig war, hatte ich mir erfolgreich eingeredet, dass ich mir den Vorfall, bei dem Oma in eine grässliche schuppige Kreatur verwandelt worden war, nur eingebildet hatte. Meine Fantasie hatte mir einen Streich gespielt, weil ich den Nachmittag über zu wenig getrunken und zu viel Sonne abbekommen hatte.

»Mike, du musst ein Gedeck mehr auflegen.« Mum, die am Herd stand, drehte sich um. »Oma kommt zum Abendessen.«

Panik fuhr mir in den Magen. Ich versuchte, ein paarmal tief durchzuatmen, wie Mum es macht, wenn ihr alles zu viel wird. Es schien nicht zu funktionieren, aber wenn ich es genau bedenke, funktioniert es bei Mum auch nicht allzu gut.

Mum sah auf ihre Armbanduhr. »Sie verspätet sich. Ich frage mich, wo sie bleibt.«

»Äääääh ...« Ich zermarterte mir das Gehirn nach einer überzeugenden Erklärung, warum Oma noch nicht da war.

BÄNG! Ein lauter Knall ertönte von draußen.

»Was in aller Welt war das denn?«, rief Mum.

»Äääääh ...« Es fiel mir ungewöhnlich schwer, mir eine Ausrede einfallen zu lassen. »Ich glaube, Elvis hat zum Geburtstag ein Schlagzeug bekommen.«

Wieder krachte es. BÄNG, BÄNG!

»Aber hatte Elvis nicht schon vor sechs Monaten Geburtstag?«, fragte Mum. »Es hört sich an, als käme es aus dem Schuppen. Ich gehe besser nachsehen.«

»Nein, Mum!«, rief ich und sprang von meinem Stuhl auf.

Mum warf mir einen seltsamen Blick zu. »Wieso denn nicht?«

»Es könnte ein Meteoritenschauer sein, der aufs Dach prasselt. Es ist zu gefährlich, das Haus zu verlassen.«

»Sei nicht albern, Mike.« Mum öffnete die Hintertür. Ich folgte ihr mit schweren Schritten und düsterer Vorahnung.

BÄNG, BÄNG, BÄNG!

Je näher wir dem Schuppen kamen, desto lauter wurde das Hämmern.

Ein letztes Mal versuchte ich, Mum davon abzuhalten, die Schuppentür zu öffnen. »Was, wenn ein tollwütiger Hund drin ist?«

Mum bedachte mich mit ihrem Blick, der Pflanzen verdorren lässt (und schon so manchen Verkäufer einknicken ließ). Ich musste meinen Blick abwenden, als Mum den Schuppen öffnete. Ich wollte die Echsenkreatur nicht noch einmal sehen. Ich hörte, wie der Riegel zurückgeschoben und die Tür aufgezogen wurde. Mum keuchte entsetzt auf. Ich wünschte mir nichts sehnlicher, als abzuhauen, aber ich konnte Mum mit der Kreatur nicht allein lassen. Widerstrebend öffnete ich die Augen.

Im Schuppen stand Oma. Sie hielt den Gehstock erhoben, bereit, auf die Metallwand des Schuppens einzuschlagen. Sie sah so normal aus wie immer. Nicht die Spur einer grünen Schuppe.

»MIKE!«, kreischte Mum und hyperventilierte so stark, dass ihr Gesicht purpurrot anlief. »Hast du das etwa getan? Das gibt gewaltigen Ärger! Was hast du dir nur dabei gedacht, Oma in den Schuppen zu sperren?« Mum atmete noch ein paarmal schnell und rasselnd ein, woraufhin ihr Gesicht ein noch dunkleres Rot annahm. »Ich hoffe für dich, dass du einen guten Grund hattest.«

Ich schluckte. Das war heute schon das dritte Mal – und das zweiundvierzigste Mal in dieser Woche –, dass ich um eine vernünftige Erklärung für etwas, das ich angestellt hatte, verlegen war. Wenn das so weiterging, hatte ich bald meine sämtlichen Gehirnzellen aufgebraucht. *Denk nach,* befahl ich mir. *Was für einen vernünftigen Grund könnte ein Zwölfjähriger dafür haben, seine Oma in den Schuppen zu sperren?* Mir fiel keiner ein. Die Wahrheit konnte ich nicht sagen. Mum würde denken, dass ich lüge, und falls sie mir glaubte, würde sie bestimmt denken, ich hätte den Verstand verloren.

Mum klopfte mit dem Fuß auf den Boden und knurrte. Ich beschloss, es mit der Wahrheit zu versuchen, aber bevor ich damit herausrücken konnte, überraschte mich Oma.

»Es war ein Versehen, Liebes. Mike wusste nicht, dass ich im Schuppen war. Er hat ihn abgeschlossen, ohne zu bemerken, dass ich drin war. Er war einfach ein braver Junge und hat die Gartengeräte weggesperrt.«

Mum hob eine Augenbraue. »Wirklich?«, fragte sie misstrauisch. Die Wahrscheinlichkeit, den winzigen Geräteschuppen zu schließen, ohne zu bemerken, dass sich jemand darin befand, war nahezu gleich null. Dazu musste man wahrscheinlich blind sein. Mum starrte Oma an. Oma starrte zurück. Auf dem Gartenzaun zirpte eine Zikade. Ich hielt den Mund und fragte mich, wieso Oma mir beistand, obwohl es für sie ganz schön heiß und ungemütlich gewesen sein musste.

»Wäääääh ...«, heulte Grace, die allein in der Küche in ihrem Hochstuhl saß. Mum unterbrach ihren Anstarrwettbewerb mit Oma, drehte sich auf dem Absatz um und eilte ins Haus zurück.

Ich atmete erlöst auf, dankbar, dass ich keinen Ärger bekommen hatte, und erleichtert, dass Oma sich nicht in ein Monster aus einem Horrorfilm verwandelt hatte. Oma und ich folgten Mum.

Als Mum die Hintertür erreicht hatte, blieb sie ruckartig stehen und drehte sich um. »Was hast du im Geräteschuppen überhaupt gemacht?«, fragte sie Oma.

Das war eine gute Frage. Ich glaube nicht, dass Oma je zuvor einen Fuß in unseren Schuppen gesetzt hatte. Dort gibt es nur Elektrowerkzeuge, Gartengeräte und Spinnen. Nichts davon könnte Oma Nelly interessieren, denn sie hasst Gartenarbeit, hat Angst vor Spinnen und keine Ahnung, wie man ein Elektrowerkzeug bedient.

Ich beobachtete Oma besorgt. Wenn sie jetzt auspackte, würde ich auf jeden Fall bestraft werden.

Grace heulte noch einmal so laut, dass Mum es eigentlich nicht ignorieren konnte, doch sie tat es. Sie wartete auf Omas Antwort.

»Nun …«, sagte Oma und drehte die Augen nach oben, als würde die Antwort irgendwo am Himmel herumschweben. Eine peinliche Stille entstand. »Nun«, wiederholte Oma plötzlich mit sehr viel schwächerer Stimme, »ich fürchte, das habe ich vergessen. Mein Gedächtnis ist einfach nicht mehr das, was es einmal war. Älterwerden ist kein Vergnügen, weißt du. Gerade noch hat man angefangen, etwas zu tun, und im nächsten Moment steht man da und fragt sich, was man überhaupt machen wollte.«

Mums Gesichtszüge wurden weicher. »Ist schon in Ordnung«, sagte sie und legte einen Arm um Oma. »Vergiss es einfach. Komm ins Haus und iss mit uns zu Abend.«

Behutsam führte sie Oma in die Küche. Während ich hinter den beiden herging, sah Oma mich über ihre Schulter an und blinzelte mir zu. Gerade, als sie das Augenlid geschlossen hatte und es sich wieder zu heben begann, erhaschte ich einen flüchtigen Blick auf einen hellgrünen Augapfel mit länglicher, schwarzer Pupille. Ich blinzelte und sah genauer hin. Oma lächelte mich mit ihren wässrigen blauen Augen an.

Hatte ich mir das etwa auch nur eingebildet?

KAPITEL 3

Oma, Mum, Grace und ich aßen ohne Dad zu Abend, denn er arbeitete mal wieder lange. Wahrscheinlich würde ich ihn gar nicht mehr zu Gesicht bekommen, bevor ich ins Bett ging. Manchmal sah ich ihn auch morgens nicht, wenn er früh aus dem Haus ging, was oft der Fall war. Er versprach mir immer, dass alles anders werden würde, sobald es bei seiner Arbeit ruhiger zuging. Dann würde er mit mir einen Campingurlaub machen. Nur wir zwei.

Mum hatte Würstchen mit Kartoffelpüree gemacht, eins meiner Lieblingsessen. Wie immer war sie vor allem damit beschäftigt, Grace zu füttern. Grace isst eine Menge zermatschtes Zeug.

»Mike, reich deiner Oma bitte den Pfeffer«, sagte Mum zu mir, während sie zur Spüle ging, um den Lappen auszuwaschen, mit dem sie gerade die Püreespritzer von Graces Hochstuhl gewischt hatte.

Oma würzt alles immer mit viel Pfeffer, sogar Eiscreme. Wir müssen den Pfeffer stets in Großpackungen kaufen, obwohl Oma nur ein paarmal in der Woche bei uns isst. Ich reichte Oma den Pfefferstreuer und vermied es dabei, ihr in die Augen zu sehen. Ich war mir immer noch nicht sicher, wie ich ihr Blinzeln von vorhin deuten sollte.

Oma nahm mir den Pfefferstreuer ab und berieselte ihr Essen mit der üblichen dicken Pfefferschicht. Eine Sekunde später erschien ein erschrockener Ausdruck auf ihrem Gesicht. Ihr Kopf kippte ein paarmal hoch und runter, ihre Nase zuckte und ihre Hand schnellte vor ihre Nase. Aber es war zu spät.

»Haaaaa ... aaaaaa ... tschi!«

Oma nieste so gewaltig, dass sich ihr Gebiss lockerte. Die Zähne segelten durch die Luft, während Oma verzweifelt versuchte, sie wieder einzufangen. Doch die Zähne wichen ihrer Hand aus, vollführten eine perfekte Doppelschraube und landeten mit einem sanften Plopp auf ihrem Kartoffelpüree. Bei einem Wettkampf im Turmspringen hätten sie dafür die Höchstnote abgestaubt.

Mit verblüfftem Schweigen starrten Oma, Grace und ich die Zähne an, die Omas Kartoffelpüree krönten.

»Ist alles in Ordnung?«, fragte Mum, ohne zu uns herüberzusehen. Sie war vollauf damit beschäftigt, für Grace zum Nachtisch eine Banane zu zermatschen.

»Bestens«, sagte ich, während Oma ihre Zähne aus dem Püree pflückte und sich wieder in den Mund schob. Aber es war trotzdem seltsam. Oma isst eine Menge Pfeffer, und so etwas war noch nie passiert.

Oma stocherte eine Weile mit der Gabel in ihrem Püree herum. Dann sagte sie zu Mum: »Ich glaube, Liebes, dass ich mich heute etwas angeschlagen fühle. Ich bin überhaupt nicht hungrig. Vielleicht sollte ich lieber nach Hause gehen und mich hinlegen.« Ohne einen Bissen gegessen zu haben, legte sie die Gabel neben den Teller.

Mum eilte herbei und legte Oma besorgt eine Hand auf die Stirn.

»Du meine Güte, deine Stirn ist eisig.«

»Ich friere, Liebes.« Oma wich Mums Hand aus. »Ich glaube, du hast heute die Klimaanlage kälter eingestellt, als ich es gewöhnt bin. Ich gehe am besten nach Hause, ruhe mich aus und wärme mich auf, danach werde ich mich besser fühlen.«

»Bist du sicher?«, fragte Mum.

Oma überzeugte Mum, dass sie nach einem Nickerchen wieder quietschfidel sein würde. Mum bestand darauf, Oma nach Hause zu fahren, obwohl sie nur drei Häuserblocks entfernt wohnt. Ich sollte solange daheim bleiben und auf Grace aufpassen.

Ich konnte es kaum abwarten, dass Mum wieder zurückkam. Ich musste dringend mit jemandem über all die seltsame Dinge reden, die passiert waren, und dieser Jemand war Elvis. Sobald Mum wieder da war, würde ich zu ihm rübergehen.

»Ein Hitzschlag.«

Ich saß auf Elvis' Bett, wo ich mir etwas Platz zwischen seinen Science-Fiction-Comics freigeräumt hat. Ich hatte ihm gerade von den seltsamen Ereignissen berichtet, die vorgefallen waren, seit er mich am Nachmittag mit seinem Metalldetektor alleingelassen hatte.

»Eindeutig ein Hitzschlag«, behauptete Elvis erneut. Er klopfte konzentriert auf seiner Computertastatur herum. »Auf netdoctor.com steht, dass Hitze, körperliche Anstrengung und Dehydrierung einen Hitzschlag verursachen können, und der wiederum führt zu Verwirrung.«

»Verwirrung!«, stieß ich hervor. »Ha! Verwirrung ist es, wenn man versehentlich in die Mädchentoilette geht oder den Schulrucksack von jemand anderem aufsetzt. Ich habe *gesehen*, wie meine Oma sich in eine Echsenkreatur verwandelt hat. Ich habe ihre Schuppenhaut *berührt*. Ich weiß nicht, wie sie es geschafft hat, sich wieder in ihr normales Aussehen zurückzuverwandeln, aber ich sage dir, sie ist nicht normal. Die Sache stinkt wie alter Fisch.«

»Wie alter Fisch? Ich dachte, sie wäre eine Echse.« Elvis kicherte über seinen Witz und klang dabei wie ein verblödeter Esel.

Ich stöhnte. Elvis nahm mich nicht ernst, und das konnte ich ihm nicht einmal verübeln.

»Komm mit, wir gehen zu meiner Oma und ich beweise es dir. Wir müssen sie nur eine Weile beobachten. Sie wird bestimmt etwas tun, womit sie sich verrät.«

»Iiih! Willst du mich zum Spanner machen? Ich möchte doch nicht deine Oma ausspionieren. Vermutlich macht sie sich gerade fürs Bett fertig. Nimm es mir nicht übel, aber ich möchte nicht dabei zusehen, wie deine Oma sich auszieht.« Elvis machte Geräusche, als müsse er sich übergeben.

»Ja, ja, schon gut. Dann eben nicht heute Abend. Wie wäre es mit morgen früh?«

»Wie wäre es mit …« Elvis kratzte sich am Kopf und tat so, als müsse er nachdenken: »Nie?«

»Bi-i-itte. Du musst unbedingt mitkommen«, flehte ich ihn an.

»Laut netdoctor.com musst du unbedingt reichlich Wasser trinken und eine kalte Dusche nehmen.«

Ich rieb mir die Augen und seufzte. Ich war völlig neben der Spur. Elvis von den seltsamen Vorfällen des Nachmittags zu erzählen, hatte sie noch viel realistischer erscheinen lassen. Ich musste wissen, ob diese merkwürdigen Dinge in Wirklichkeit passiert waren, und falls ja, musste ich Elvis davon überzeugen, mir zu glauben. Wenn Elvis nicht freiwillig mitkommen wollte, war ich verzweifelt genug, es mit Erpressung zu versuchen.

»Ich bitte dich doch nur darum, mir an einem Morgen zu helfen. Nur einen Morgen lang. Und dafür werde ich deiner Mutter auch nicht erzählen, was mit dem Motor in ihrem Mixer wirklich passiert ist.«

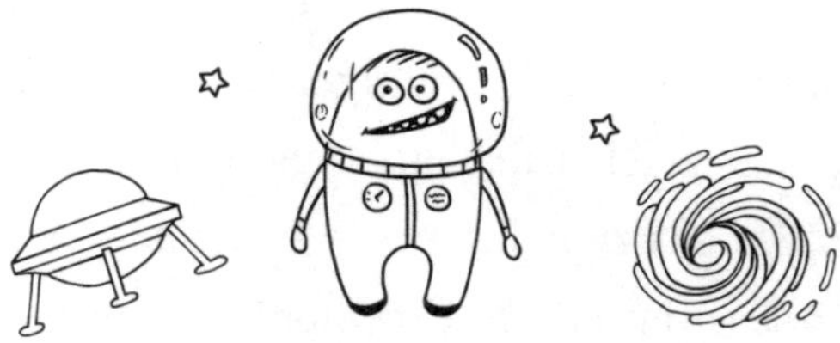

KAPITEL 4

Als ich am nächsten Morgen aufwachte, hegte ich die Hoffnung, dass der gestrige Tag nur ein nächtlicher Albtraum gewesen war. Ich blieb liegen und ließ diesen erfreulichen Gedanken in meinem Kopf herumschwirren. Wenn er stimmte, dann war gestern eigentlich der Tag vor dem geträumten Gestern gewesen. Und wenn das stimmte, dann hatte ich Mums Vase nicht zerbrochen, und keines der seltsamen Ereignisse, die sich danach zugetragen hatten, war passiert.

Ich beschloss, aufzustehen und Elvis zu besuchen. Wenn er kein Wort über meine Oma oder über Echsen verlor, dann würde ich wissen, dass alles nur ein schlechter Traum gewesen war.

Augenblick mal. Ich konnte Elvis gar nicht besuchen, denn vielleicht hatte ich nur geträumt, dass er aus dem Urlaub zurück war. Aber was, falls er daheim war? Was würde das bedeuten? Ich bekam es nicht auf die Reihe. Meine Gedanken waren glitschiger als nasse Aale.

Dann erinnerte ich mich an den metallischen Gegenstand. Falls der gestrige Tag nur ein schlechter Traum gewesen war, wäre in meinem Zimmer kein ungewöhnliches, glänzendes Ding versteckt.

In meinem Traum war ich in Panik geraten. Ich hatte Oma mit dem seltsamen Gegenstand in eine Echsenkreatur verwandelt und diese danach in unserem Schuppen eingesperrt. Ich war die Treppe hochgelaufen und hatte verzweifelt nach einem Versteck für den Gegenstand gesucht, denn der Schreck über das, was ich angerichtet hatte, war mir mächtig in die Knochen gefahren. Mum hatte mir zugerufen, dass ich den Tisch decken sollte. Ich hatte einen Schuh gesehen, den Gegenstand hineingesteckt und den Schuh dann einfach so weit wie möglich unter mein Bett geschoben.

Ich ließ meinen Kopf über die Bettkante hängen und stierte darunter, während mir das Blut in den Kopf schoss. In der Dunkelheit konnte ich einen einzelnen Schuh ausmachen, der ganz hinten an die Wand geschoben war. Ich ließ mich auf den Boden gleiten und griff danach. Vorsichtig zog ich den Schuh zu mir her. Der metallische Gegenstand blinkte mich an.

Ich starrte eine Ewigkeit darauf. Schließlich schob ich den Schuh, soweit ich konnte, wieder unters Bett und stand langsam auf.

Elvis öffnete die Tür in seinem karierten Lieblingshemd, wie üblich bis zum Hals zugeknöpft. Über dem Kragen trug er eine finstere Miene zur Schau. »Bringen wir es hinter uns«, knurrte er.

Schweigend gingen wir die drei Blocks zu Omas Haus hinüber. Elvis schlurfte schmollend hinter mir her. Als Omas kleiner Bungalow in Sicht kam, blieb ich stehen und Elvis schloss zu mir auf.

»Was jetzt, Sherlock?«, fragte er.

»Wenn wir durch die vorderen Fenster schauen, wird man uns verhaften. Am besten schleichen wir uns hinters Haus und hoffen, dass sie sich in einem der hinteren Räume aufhält.«

»Ja, hoffen wir es mal«, erwiderte Elvis sarkastisch.

Ich sah die Straße in beiden Richtungen entlang, um ganz sicherzugehen, dass niemand sonst unterwegs war. Die Gegend lag verlassen da. Ich machte mich so klein wie möglich und lief vornübergebeugt Omas Seitenweg entlang, wobei ich mich dicht an der Hausmauer hielt, bis ich den rückwärtigen Garten erreicht hatte. Neben Omas Wohnzimmerfenster machte ich halt und drückte mich gegen die Hauswand. Als ich über meine Schulter schaute, sah ich Elvis lässig hinter mir herspazieren. »Elvis!«, zischte ich.

»Was denn?«, fragte er trotzig, als er mich erreicht hatte. »Hier ist doch niemand.«

Ich beschloss, es auf sich beruhen zu lassen. Das war nicht der richtige Zeitpunkt für einen Streit. Ich warf einen kurzen Blick durch das Fenster neben mir. Direkt am Fenster stand eine riesige Topfpflanze und durch die Blätter konnte ich Oma in ihrem Lehnsessel sitzen sehen. Es war der perfekte Beobachtungsposten. Das Blattwerk gab uns Deckung, sodass wir Oma sehen konnten, sie uns aber nicht ohne Weiteres entdecken würde.

»In Ordnung«, flüsterte ich. »Wir können nicht beide gleichzeitig schauen, dafür reicht der Platz nicht. Du fängst an. Stups mich an, wenn sie irgendetwas Verdächtiges macht.«

Elvis bezog seinen Posten und ich setzte mich mit dem Rücken zur Wand neben ihn.

»Und, was macht sie?«, flüsterte ich nach ein paar Minuten angespannten Schweigens.

»Sie sitzt in ihrem Sessel.«

Einige endlos scheinende Minuten später wünschte ich, ich hätte mein Smartphone mitgebracht. Elvis verlagerte mehrfach sein Gewicht von einem Fuß auf den anderen, dann konnte er nicht mehr an sich halten und ließ einen fahren. Nicht allzu laut, aber absolut tödlich.

»Puh, das stinkt«, zischte ich. »Lass das.«

»Tut mir leid«, flüsterte Elvis und unterdrückte ein Kichern. »Ich kann nichts dafür. Gestern Abend gab es Kohl. Kohl *und* Bohnen.«

Pech für mich, dachte ich, während ich mir die Nase zuhielt und einen Blick auf meine Armbanduhr warf. Wir waren erst seit zehn Minuten hier. »Und was macht sie jetzt?«

»Sie sitzt immer noch in ihrem Sessel.« So ging es noch eine halbe Stunde weiter, bis Elvis einen dünnen Pfiff ausstieß. »Wow!«, staunte er leise. Ich sprang auf die Füße und schob Elvis mit dem Ellenbogen zur Seite, um selbst einen Blick auf Oma zu erhaschen.

»Sie strickt nur«, stellte ich enttäuscht fest. »Was ist daran so besonders?«

»Aber in welchem Tempo!«, sagte Elvis. »Meinst du, sie würde mir eine neue Strickjacke machen, wenn ich sie nett darum bitte? Meine hat ein Loch am Ellenbogen.«

Dazu fiel mir nichts ein, also setzte ich mich wieder hin. Wenn wir Polizisten gewesen wären, die eine Observierung durchführten, dann hätten wir Kaffee und Donuts gehabt, die über die Langeweile hinweggeholfen hätten, aber das waren wir nicht. Zum Glück war Elvis so von Omas Strickkünsten fasziniert, dass er sich nicht beschwerte.

»Das ist so langweilig«, sagte ich nach weiteren endlosen Minuten. Dann bemerkte ich, dass Elvis nicht mehr von einem Bein aufs andere wackelte. Sein Körper war steif und angespannt. Etwas hatte sein Interesse geweckt.

»Was ist los?«, flüsterte ich, aber er antwortete nicht.

Ich kam wieder auf die Füße und quetschte meinen Kopf neben den von Elvis. Durch das Glas konnte ich erkennen, dass Oma immer noch strickte. Ich wollte ihn gerade in die Seite boxen und mich wieder hinsetzen, als ich sah, was seine Aufmerksamkeit erregt hatte.

Eine gigantische Spinne, größer als meine Hand, kroch

über die Armlehne von Omas Sessel. Das haarige, schwarze Viech sah aus, als wäre es einem Horrorfilm entsprungen. Oma hatte es anscheinend noch nicht bemerkt, denn sie strickte ungerührt weiter. Die Spinne blieb in der Mitte der Armlehne stehen, nur wenige Millimeter von Omas Ellenbogen entfernt.

»Leidet deine Oma nicht an Arachnophobie?«, flüsterte Elvis.

Ich starrte ihn verständnislos an.

Elvis verdrehte die Augen. »Sie hat Angst vor Spinnen, nicht wahr? Wir sollten ans Fenster hämmern, um sie zu warnen, bevor das Viech auf sie draufkrabbelt und ihr einen Herzinfarkt beschert.«

Die Spinne hob eins ihrer haarigen Beine und wackelte damit eine Sekunde lang in der Luft herum. Ich traf eine Entscheidung. Ich musste Oma warnen. Doch bevor ich mit meinen Knöcheln gegen das Glas klopfen konnte, krabbelte die Spinne direkt auf Omas Arm.

Oma ließ blitzschnell ihr Strickzeug fallen. Sie packte die Spinne und ließ sie an einem ihrer riesigen haarigen Beine baumeln, während der Körper des Tieres sich abwehrend wand. Dann hielt Oma sich die Spinne nahe vors Gesicht und betrachtete sie, während sie sie in alle Richtungen drehte.

Ich war sicher, dass sie sie jeden Moment kreischend fallen lassen würde. Doch das tat sie nicht. Stattdessen leckte sie sich die Lippen. Bevor ich eine Chance hatte, die Augen abzuwenden, öffnete sie den Mund und beförderte die wild zappelnde Kreatur hinein. Omas Backen wölbten sich, während sie die riesige Spinne zerkaute und runterschluckte.

Mir war flau im Magen. Ich legte mir die Hände auf den Bauch und hörte Elvis neben mir winseln. Und das Grauen war noch nicht vorbei. Als Oma fertig gekaut hatte, griff sie sich in den Mund und zog ihr Gebiss heraus. Auf einer Seite hatte sich ein einzelnes haariges, schwarzes Bein verfangen.

Oma zupfte es heraus, dann steckte sie sich das Gebiss wieder in den Mund. Anschließend mampfte sie auch dieses Spinnenbein, nahm dann ihr Strickzeug wieder auf und strickte weiter, als wäre nichts geschehen.

Ich ließ mich auf den Boden sinken. Mir war schlecht. Elvis setzte sich neben mich. Er war grün wie ein Spinat-Smoothie. Er hielt sich den Magen und würgte ein paarmal. Zum Glück blieben der Kohl und die Bohnen vom vergangenen Abend unten.

»Das war unfassbar eklig«, sagte Elvis, als er nicht mehr würgen musste.

»Ja«, stimmte ich ihm zu und nahm mir vor, mich nicht mehr von Oma küssen zu lassen, bis diese ganze eklige Angelegenheit aus der Welt geschafft war. »Glaubst du mir jetzt?«

»Ja«, sagte Elvis, »zu etwa … 92,4 %. Ich glaube, du solltest mir mal diesen Gegenstand zeigen, den du ausgegraben hast.«

Die Erleichterung darüber, einen Verbündeten zu haben, war so süß, dass ich sie beinahe schmecken konnte. Aber sie hatte einen sauren Beigeschmack. Ich hatte recht gehabt. Etwas war mit Oma Nelly passiert. Wie konnte ich sie wieder zurückverwandeln? Ich hatte keinen blassen Schimmer.

KAPITEL 5

Bevor wir uns auf den Weg zurück zu mir nach Hause machten, schob ich meine Nase noch einmal über das Fensterbrett, um einen letzten Blick auf Oma zu werfen.

»Elvis!« Ich stupste ihn mit dem Fuß an. »Oma ist fort!«

Elvis kam auf die Füße und drückte seinen Kopf neben meinen. »Vielleicht ist sie nach nebenan gegangen. Wir müssen wissen, wo sie sich aufhält, damit wir unbemerkt abhauen können.«

Wir hielten weiter am Fenster Wache und warteten darauf, dass Oma wieder auftauchte. Ich hielt die Luft an. Etwas Kaltes drückte sich gegen die Rückseite meines Beins. Es fühlte sich an wie die Berührung der Echsenkreatur. Ich kreischte ohrenbetäubend. Elvis sprang vor Schreck in die Luft, stolperte über seine eigenen Füße und knallte der Länge nach hin.

»Houdini, hau ab!«, zischte ich dem struppigen schwarzen Hund zu, der Elvis jetzt die Nase abschleckte und dabei wie verrückt mit dem Schwanz wedelte.

Von Welpenbeinen an war Houdini immer wieder aus Omas Nachbarhaus abgehauen, hatte sich in der Gegend herumgetrieben und war dem Hundefänger dabei immer eine Pfotenlänge voraus gewesen. Es heißt, er hätte anfangs einen anderen Namen gehabt, an den sich aber niemand mehr erinnern konnte. Solange alle zurückdenken konnten, war Houdini eben Houdini genannt worden.

Houdini warf mir einen betrübten Blick zu, dann beschloss er, mich zu ignorieren und lieber Elvis weiter abzuschlecken.

Aus dem Augenwinkel sah ich, dass Oma wieder ins Wohnzimmer geeilt kam. Sie musste den Krach gehört haben.

»Elvis«, befahl ich. »Komm wieder her. Versteck dich unter dem Fensterbrett.«

Ich drückte mich so eng wie möglich an die Wand. Elvis klemmte sich neben mich. Der Klang schwerer Schritte, die sich dem Fenster näherten, übertönte mein Herzklopfen.

Dann wurde mir klar, dass Houdini immer noch bei uns herumlungerte. Er würde uns mit Sicherheit verraten. Ich versuchte, ihn mit hektischen Handbewegungen zu verscheuchen. In der Hundeschule musste Houdini eine Fünf minus bekommen haben, denn er ignorierte mich wieder. Doch dann versteifte sich sein Körper. Sein Blick heftete sich auf das Fenster. Die Haare in seinem Nacken stellten sich auf und er legte die Ohren flach an den Kopf an. Houdini knurrte drohend und fletschte die Zähne.

Ich war verblüfft. Houdini war vielleicht schlecht erzogen, aber mit Sicherheit der freundlichste Hund, der mir je begegnet war. So ein Verhalten hatte ich bei ihm noch nie erlebt.

Über uns war das Klacken und Kratzen von Metall auf Metall zu hören. Der Fensterriegel wurde geöffnet. Obwohl Elvis und ich vom überstehenden Fensterbrett teilweise verdeckt wurden, war ich sicher, dass Oma uns sehen würde, falls sie sich aus dem Fenster lehnte und nach unten blickte. Ich hielt den Atem an. Elvis hatte die Augen geschlossen, hielt die Hände unter dem Kinn aneinandergepresst und bewegte lautlos die Lippen. Ich konnte spüren, wie seine Schultern bebten.

Houdinis Knurren schwoll an.

Das Fenster flog auf.

»Verzieh dich«, rief Oma direkt über uns. Es klang unnatürlich laut. Ich drückte meinen Rücken fester gegen die Wand und spürte, wie sich die Ziegelsteine in meine Haut bohrten. Ich betete, dass Oma nicht nach unten schauen würde.

Houdini bellte und knurrte wieder.

Überraschenderweise knurrte Oma zurück. Es war ein grässliches Geräusch, das Schockwellen durch die Luft wabern ließ. Es klang nach einem wilden Tier, nicht nach einer Großmutter, und es war so furchterregend, dass

Houdini den Schwanz zwischen die Beine klemmte und sich schleunigst aus dem Staub machte. Ohne uns auch nur eines letzten Blickes zu würdigen, ließ er uns im Stich.

Über unseren Köpfen hörte ich Oma schwer atmen. Wenn ich aufgestanden wäre, hätte ich ihr direkt in die Augen blicken können. Ob sie sah, dass Elvis und ich uns direkt unter ihr flach wie Pfannkuchen gegen die Wand drückten? Vor meinen Augen tanzten Sterne. Vor Sauerstoffmangel war mir schwindlig. Wenn ich nicht bald einatmen konnte, würde ich in Ohnmacht fallen. Im allerletzten Augenblick klackte das Fenster zu.

»Du kannst jetzt zu beten aufhören«, flüsterte ich Elvis zu, während ich nach Luft schnappte.

»Eigentlich habe ich das Siebzehner-Einmaleins aufgesagt. Es entspannt mich.«

Dann stellte Elvis mir die Frage, die mir auch schon durch den Kopf gegangen war: »Was denkst du, wäre passiert, wenn sie uns erwischt hätte?«

»Ich weiß es nicht«, erwiderte ich, »und ich möchte es auch nicht herausfinden. Ich habe das ungute Gefühl, dass wer oder was auch immer von meiner Oma Besitz ergriffen hat, nicht besonders freundlich ist.«

Nachdem wir so knapp davongekommen waren, beschlossen wir, dass wir für heute genug spioniert hatten. Als wir Omas Garten gerade verlassen wollten, hörten wir vorne die Haustür zuschlagen.

»Sie geht«, flüsterte ich. »Wohin wohl?«

Auf Zehenspitzen schlichen wir an der Hausseite entlang und warfen einen Blick in den Vorgarten. Oma ging den Gartenweg entlang. Ihr Körper wankte hin und her, während sie eilig voranschritt und sich dabei ein Paar Handschuhe überstreifte.

»Sieh sie dir an«, sagte Elvis. »Heute ist einer der heißesten Sommertage und sie trägt einen Mantel. Das ist seltsam.«

»Alles an ihr ist seltsam«, erwiderte ich.

Oma blieb auf dem Gehweg neben ihrem kleinen Auto stehen und kramte in ihrer Handtasche herum.

»Oh-oh«, machte Elvis. Einen Sekundenbruchteil später sah ich, was er meinte. Houdini kam den Gehweg entlanggefegt wie ein Hund mit einer Mission. Einen Meter von Oma entfernt, bremste er mit schlitternden Pfoten und führte sich wieder so wild und ungebärdig auf wie vorhin. Er fletschte die Zähne und knurrte Oma an.

»Houdini hat es heute wirklich auf deine Oma abgesehen«, bemerkte Elvis.

Von Unentschlossenheit gelähmt, musste ich tatenlos mit ansehen, wie das Unglück seinen Lauf nahm. Obwohl Oma von einer Echse besessen war, konnte ich nicht zulassen, dass ein durchgedrehter Hund ihr etwas antat. Aber wenn ich wie durch Magie aus dem hinteren Garten erschien, um sie zu retten, würde ihr das zu Recht verdächtig vorkommen. Außerdem war ich nicht scharf darauf, selbst gebissen zu werden.

Wie gut, dass ich Elvis bei mir hatte. Ich konnte mich normalerweise darauf verlassen, dass ihm etwas einfiel, und ich hoffte, dass er mich auch jetzt nicht im Stich lassen würde. Zu meiner Überraschung hatte Elvis die Augen geschlossen und die Lippen gespitzt, als würde er einen Geist küssen.

»Meine Oma wird jede Sekunde von einem ausgeflippten Hund zerfleischt. Das ist nicht gerade der passende Augenblick, um Luftküsse zu üben.«

Elvis ignorierte meine Bemerkung und erwiderte: »Wusstest du, dass Hunde höhere Frequenzen hören können als wir? Sie hören Töne, die wir nicht mehr wahrnehmen. Ich versuche gerade, Houdini zurückzurufen, indem ich in einer hohen Frequenz pfeife, die nur er hören kann.«

Das ist genau der Grund, warum ich so froh bin, Elvis zum Freund zu haben. Er ist superschlau. Er hat Ideen, die mir nicht im Traum einfallen würden. »Genialer Einfall«, sagte ich. »Versuche es noch einmal.«

Elvis spitzte die Lippen. Er kniff die Augen zusammen und blies durch die Zähne, bis sein Gesicht knallrot war und er aussah wie ein Goldfisch, der den Verstand verloren hatte.

»Ich höre überhaupt nichts«, sagte ich.

Elvis hörte mit seinem Ultraschallpfeifen auf. »Natürlich nicht. Du bist ja auch kein Hund.«

»Woher willst du wissen, dass du gerade tatsächlich ein Geräusch erzeugt hast, das nur Houdini hören kann?«, fragte ich ihn zweifelnd und sah zu Houdini hinüber, der Oma immer noch seine riesigen weißen Zähne zeigte.

Elvis erwog das einen Augenblick. »Ich weiß es nicht.«

»Ich glaube, wir brauchen einen anderen Plan.«

Während ich überlegte, was wir tun könnten, fiel mir auf, dass Oma wegen Houdini kein bisschen beunruhigt zu sein schien. Ihre Augen suchten die menschenleere Straße nach beiden Seiten ab, aber es erschien mir nicht so, als würde sie nach Hilfe Ausschau halten. Es wirkte eher so, als wollte sie sich versichern, dass niemand sie beobachtete. Als ihr Blick sich in unsere Richtung bewegte, wichen Elvis und ich wieder hinter die Hausecke zurück.

Als wir wieder vorsichtig um die Ecke sahen, war Oma gerade dabei, vor Houdinis Gesicht mit ihren Armen seltsame Muster in die Luft zu malen. Houdinis Kopf schwankte benommen hin und her, wie eine Kobra, die von einem Schlangenbeschwörer hypnotisiert wird. Ruhig trat Oma vor, legte eine Hand auf Houdinis Nase und die andere auf seinen Hals. Ich konnte nicht genau sehen, was sie mit ihm machte, aber als Oma eine Sekunde später von ihm zurücktrat, brach er auf dem Gehweg zu einem Häufchen Fell zusammen.

Oma straffte sich und wischte sich die Hände ab, als hätte sie gerade eine dreckige Hausarbeit beendet. Ich zerrte Elvis aus ihrem Blickfeld, als sie sich wieder umsah. Bis wir uns endlich trauten, um die Ecke zu schleichen, brauste

Oma bereits in ihrem Auto davon. Houdinis leblosen Körper hatte sie auf dem Gehweg liegen lassen.

Sobald der Wagen außer Sichtweite war, flitzten Elvis und ich zu Houdini, hielten dabei aber wachsam Ausschau, ob Oma zurückkam.

»Ist er tot?«, erkundigte ich mich.

Elvis stupste Houdinis reglosen Körper vorsichtig mit dem Fuß an und nickte traurig. »Ich glaube, sie hat an ihm einen Ninja-Echsen-Todesgriff angewandt, während er hypnotisiert war.«

Armer Houdini. Ich fühlte mich, als wäre mir ein riesiger Gummiball in die Kehle gerammt worden. Ich erinnerte mich daran, wie oft er unvermittelt an meiner Seite aufgetaucht war und mich zur Schule begleitet hatte. Wie er neben mir hergetrottet war, bevor er sich vor dem Schultor wieder aus dem Staub gemacht hatte. Wie er nach der Schule im Park aufgekreuzt war und unseren Ball geklaut hatte, sodass aus unseren Ballspielen Fangspiele wurden. Ich ging neben Houdini in die Hocke, streichelte sein weiches, warmes Fell und blinzelte gegen die Tränen an.

Dann bemerkte ich es: Meine Hand, mit der ich Houdinis Brust streichelte, hob und senkte sich kaum merklich. Ich wollte Elvis gerade darauf aufmerksam machen, als Houdinis ganzer Körper plötzlich heftig zu zucken begann. Einen Moment später öffnete Houdini blinzelnd die Augen und rappelte sich mühsam auf. Er sah benommen drein und winselte erbarmungswürdig.

»Verrückt«, sagte ich und wischte mir hastig mit dem Ärmel die Augen trocken, während ich sanft über Houdinis Ohren strich. Im Gegenzug schleckte Houdini mir erschöpft über eine Backe.

Houdini ließ sich noch eine Weile von uns streicheln, dann stellte er sich wackelig auf die Beine. Er hob den Kopf, als wäre der so schwer wie eine Bowlingkugel, und sah sich misstrauisch um. Immer noch leise vor sich hin wimmernd, torkelte er nach Hause.

»Sie hat ihn fast umgebracht«, sagte Elvis, während wir Houdini hinterhersahen. »Ich glaube nicht, dass ich deine Oma noch leiden kann.«

KAPITEL 6

Oma sollte uns auf keinen Fall dabei erwischen, wie wir uns bei ihrem Haus herumtrieben, darum sahen wir zu, dass wir schleunigst wegkamen, nachdem wir beobachtet hatten, dass Houdini wieder sicher bei sich zu Hause angelangt war. Ich konnte es kaum erwarten, Elvis das Metalldings zu zeigen, das ich unter meinem Bett versteckt hatte. Wir vereinbarten, dass wir uns bei ihm treffen würden, nachdem ich das Ding bei mir geholt hatte.

»Mike«, rief Mum, als ich zur Haustür hereinkam. Sie saß am Esstisch und ging irgendwelchen Papierkram durch. »Was hast du heute Morgen gemacht?«

»Ich hab mich mit Elvis herumgetrieben«, antwortete ich.

Mum lächelte und nickte. Sie war ganz offensichtlich froh, ihre Ruhe vor mir zu haben. Ich wippte von einem Fuß auf den anderen, denn ich konnte es nicht erwarten abzuzischen.

»Ich gehe jetzt wieder zu ihm rüber«, sagte ich und bewegte mich auf die Haustür zu.

»Warte, was ist mit Mittagessen?«, fragte Mum. »Ich habe dir ein Sandwich gemacht, es liegt im Kühlschrank.«

»Hab keinen Hunger«, erwiderte ich, schon halb aus dem Zimmer, die Treppe als Fluchtweg fest im Blick.

»Mike«, sagte Mum bestimmt. »Hol das Sandwich, setz dich hin und iss.«

Ich stöhnte. Widerstand war zwecklos, also konnte ich es genauso gut schnell hinter mich bringen. Als ich den Kühlschrank öffnete, sah ich, dass Mum mal wieder auf dem Gesundheitstrip war. Auf einem Teller lag ein Vollkornsandwich mit Salat. Es war in Plastikfolie eingewickelt und zwischen den Scheiben schauten Bohnensprossen hervor.

Mir wurde schwer ums Herz. Mums selbst gebackenes Vollkornbrot ist legendär, aber nicht im positiven Sinne.

Ich brachte das Sandwich zum Tisch, atmete tief durch und nahm einen großen Bissen. Ich kaute hastig, nahm einen weiteren riesigen Bissen, dann noch einen und noch einen, bis meine Backen so voll waren, dass sie fast platzten.

Nach wenigen Sekunden war mein Teller leer und ich hatte bestimmt irgendeinen Geschwindigkeits-Weltrekord im Sandwichverschlingen aufgestellt. Ich wusste allerdings, dass Mum mich nur mit leerem Mund vom Tisch aufstehen lassen würde. Ich musste also nur noch die riesigen Brotmengen hinunterschlucken, die sich in meinen Backen gesammelt hatten. Ich versuchte zu schlucken, aber es gelang mir nicht. Es fühlte sich an, als wäre mein Mund mit trockenem Sägemehl gefüllt. Panisch sah ich mich nach einem Glas Wasser um, aber ich hatte vergessen, mir eins einzuschenken. Mum räusperte sich, als sie meine erstickten Schluckversuche hörte.

»Fuldigug, Mmm«, sagte ich. Eine Wolke von Krümeln stob aus meinem Mund wie ein fliehender Vogelschwarm. Einer landete auf Mums Backe.

»Es reicht nicht, wenn du dich entschuldigst.« Mum runzelte die Stirn, während sie mit einem Finger den Krümel von der Backe abstreifte. Sie betrachtete ihn angewidert, bevor sie ihn wegschnickte. »Iss anständig oder du kannst den ganzen Nachmittag in deinem Zimmer bleiben.«

Ich war mir *fast sicher*, dass es sich dabei um eine leere Drohung handelte. Mum würde niemals wollen, dass ich gelangweilt zu Hause herumhänge. Aber *fast sicher* ist nicht dasselbe wie *völlig sicher*. Und ich wollte nicht riskieren, ausgerechnet jetzt Hausarrest zu bekommen, weil ich dringend zu Elvis musste.

Ich legte mir die Hand auf den Mund, damit mir nicht noch mehr Krümel entwischten, und kaute den Rest des nach Pappe schmeckenden Sandwichs so gründlich und so schnell ich konnte, was eine Ewigkeit zu dauern schien.

Meine Fingerknöchel hatten Elvis' Haustür kaum berührt, da riss er sie schon auf.

»Warum hat das so lange gedauert?«, wollte er wissen.

»Mum hat mir mit einem Vollkornsandwich aufgelauert.«

»Ahhh ...«, sagte Elvis und klopfte mir mitfühlend auf die Schulter.

Ich wedelte mit der Hand, um seine Aufmerksamkeit auf das zu lenken, was ich mitgebracht hatte. Es war mir nicht geheuer gewesen, das Ding noch einmal anzufassen, darum hatte ich meinen Schuh dabei, in dem es immer noch steckte.

»Rate mal, was in meinem Turnschuh ist«, sagte ich.

»Du meinst, abgesehen von Fußschweiß?«, fragte Elvis. »Ich bin irre gespannt.«

Elvis lief voraus in sein Zimmer, wo er die Tür hinter uns abschloss. Ich hatte einen Socken in den Schuh gestopft, damit man den Gegenstand darin nicht sehen und er nicht herausfallen konnte. Elvis und ich beugten uns gemeinsam über den Schuh, während ich den Socken herauszog wie ein Zauberer einen Schal aus einem Zylinder. Elvis hustete mehrmals. Er hatte recht, was den Fußschweiß anbetraf.

Dann starrte Elvis in den Schuh, völlig fasziniert von dem glänzenden Ding darin. »Etwas Derartiges habe ich noch nie gesehen«, rief er und streckte die Hand danach aus.

Hastig zog ich den Schuh weg.

»Finger weg!«, befahl ich in einem Tonfall, der erschreckend nach meiner Mum klang. »Du hast ja gesehen, was man damit anrichten kann.«

Elvis schüttelte den Kopf, als wollte er wieder zur Besinnung kommen. »Stimmt. Stell es auf den Schreibtisch.« Er schob einen Stapel Blätter und allen möglichen Müll beiseite und breitete ein großes, zusammengefaltetes Taschentuch aus. Vorsichtig kippte ich das Ding darauf.

»Unglaublich«, sagte Elvis.

»Vorsichtig«, warnte ich. »Es hat auf halber Länge zwei Kerben. Die darfst du auf keinen Fall berühren. Ich glaube, dass man es damit aktiviert, wie mit einem Abzug.«

Elvis beugte sich vor und studierte die Kerben. »Welche davon hast du gedrückt?«, fragte er.

»Bin mir nicht sicher. Es ging alles so schnell.« Ich hob die rechte Hand und stellte mir vor, dass ich den Gegenstand wieder hielt und dabei einen Daumen auf einer Kerbe hatte. »Ich glaube, es war die linke«, sagte ich, während ich meine Hände und die Haltung der Daumen ansah.

»Das sieht völlig anders aus als jedes Metall, das ich je gesehen habe«, sagte er. »Ich werde ein paar Materialtests durchführen.« Elvis wühlte in seiner Schreibtischschublade und brachte einen Magneten zum Vorschein. Er schwenkte den Magneten vor dem reglos daliegenden Gegenstand. Dann grunzte er, loggte sich in seinen Computer ein, murmelte etwas und kritzelte Notizen auf ein Blatt Papier.

Ohne weitere Erklärung verließ Elvis das Zimmer und kehrte mit einer Küchenwaage und einer Wasserschüssel zurück. Er verschwand erneut und brachte dann einige

Tropfflaschen, die vermutlich aus der Werkstatt seines Vaters stammten und die gefährliche Chemikalien enthielten. Er verschwand ein drittes Mal und brachte diesmal etwas mit, das mir Angst einjagte.

»Ist es das, wofür ich es halte?«, fragte ich.

»Das hängt ganz davon ab, wofür du es hältst«, erwiderte Elvis.

»Es sieht aus wie ein Schweißbrenner.«

Elvis nickte. »Dann ist es genau das, wofür du es hältst.«

»Bist du wahnsinnig? Das ist gefährlich.«

Elvis legte den Schweißbrenner auf seinen Schreibtisch und überlegte kurz. »Du hast recht«, sagte er. »Ich hole schnell meine Schutzbrille.«

Und schon wieder ging Elvis hinaus. Ich beschloss, dass er vermutlich wusste, was er tat. Wenn ich einen Sicherheitsabstand zu Elvis und seinem Schweißbrenner hielt und den Fluchtweg zwischen mir und der Tür frei hielt, hatte ich nichts zu befürchten.

Ich setzte mich auf Elvis' Bett, nahm den nächstliegenden Sci-Fi-Comic und sah mir das Cover an. Ich gähnte und ließ ihn wieder aufs Bett fallen. Elvis war zurückgekommen und wog den Gegenstand, nachdem er ihn vorsichtig vom Handtuch auf die Waage gekippt hatte.

»Und, weißt du schon, aus was es ist?«, fragte ich.

»Aber nein«, sagte er. »Das ist ein langes Ausschlussverfahren. Jedes Metall hat sozusagen eine einzigartige Kombination von Eigenschaften, und nur indem ich ...«

Lang und breit erklärte er, welche Tests er durchführte. Ich hörte schon nach dem ersten Satz nicht mehr zu, aber Elvis schien das gar nicht zu bemerken. Ich nahm den Comic wieder in die Hand und begann, darin zu lesen. Zu meiner Überraschung war die Geschichte sogar ziemlich gut, was ich Elvis gegenüber allerdings nie zugeben würde.

»Mike ... MIKE.« Plötzlich merkte ich, dass Elvis mit mir sprach. Ich war so in die Geschichte vertieft gewesen, dass ich ihn nicht gehört hatte. »Ich habe die Testreihe beendet«, sagte er.

»Und?«

»Ich kann das Metall nicht identifizieren. Ich habe alles dreimal durchgecheckt, aber ich komme zu keinem Ergebnis. Das Metall scheint nicht von dieser Welt zu sein.«

»Nicht von dieser Welt«, sagte ich und schaute dabei auf den Comic in meiner Hand. In meinem Geist nahm eine Idee Formen an. »Hast du diese Geschichte gelesen?«, fragte ich Elvis und fuchtelte mit dem Heft vor seiner Nase herum.

»Welche davon?«, fragte er zurück.

»Der Virus von der Venus«, sagte ich. »Sie handelt von einem Raumschiff, das zur Venus geschickt wird, um sie zu erforschen. Als es zur Erde zurückkehrt, bemerkt niemand, dass sich ein Virus an Bord befindet. Und der hat keinerlei Ähnlichkeit mit irgendeinem irdischen Virus. Er ist klug und kann denken. Kaum auf der Erde, befällt er viele Menschen und übernimmt ihre Körper. Die Menschen werden nicht krank oder sterben, sie verlieren auch nicht ihr Gedächtnis. Aber der Virus kontrolliert alles, was sie tun. Er kapert ihre Körper und lässt sie nach seiner Pfeife tanzen wie Marionetten.«

»Die Geschichte ist klasse«, sagte Elvis. »Wenn dir die gefallen hat, dann solltest du auch –«

»Ich brauche keine Leseempfehlung«, unterbrach ich ihn. Wie konnte ein so schlauer Junge so schwer von Begriff sein? »Schnallst du es nicht? Was, wenn meine Oma von einem Alien-Virus befallen ist?«

Elvis kratzte sich am Kopf. »Interessante Theorie, für die es einige Indizien gibt. Deine Oma wird auf jeden Fall von etwas Fremdem gesteuert, aber sie erkennt dich noch und weiß, wie man mit Messer und Gabel isst.«

»Genau.«

»Das, was von ihr Besitz ergriffen hat, kontrolliert also auch ihr Gehirn und hat Zugang zu ihren Erinnerungen. Und obendrein haben wir hier einen Gegenstand, der aus einem Metall zu bestehen scheint, das nicht von diesem Planeten stammt.«

»Genau«, wiederholte ich.

»Aber es gibt einen Unterschied zu der Geschichte in meinem Sci-Fi-Comic.«

»Genau.« Ich klang allmählich wie ein Papagei, der nur ein Wort sagen konnte. Ich bemerkte zu spät, dass ich keine Ahnung hatte, was Elvis meinte. »Äh ... und der wäre?«

Elvis wiegte den Kopf. »Das Ding, das du gefunden hast.

Jemand – oder etwas – hat es zu einem bestimmten Zweck hergestellt. Es ist ein Werkzeug. Vielleicht benutzt man es, um einen Alien-Virus oder Alien-DNA auf einen anderen Körper zu übertragen.«

»Du hast recht«, sagte ich aufgeregt. »Das Werkzeug verwandelt Menschen in Aliens. Es ist ein Alienator.«

KAPITEL 7

Elvis und ich hockten eine Weile schweigend da. Wenn ich recht hatte und der Gegenstand ein Werkzeug war, das Menschen in Aliens verwandelte, dann galt es eine Menge Fragen zu beantworten. Wieso war der Alienator in meinem Garten vergraben worden? Wer hatte ihn dort hingebracht und wieso? Ist in unserer Nachbarschaft sonst noch jemand in einen Alien verwandelt worden? Mr Andrews von Hausnummer 46 verhielt sich äußerst verdächtig.

»Was machen wir jetzt?«, fragte ich Elvis. »Sollen wir es unseren Eltern oder der Polizei erzählen?«

Elvis überlegte. »Nein, die Erwachsenen würden uns nicht glauben. Selbst wenn es uns gelänge, die Behörden davon zu überzeugen, dass wir ein Werkzeug aus dem Weltall gefunden haben, würde wahrscheinlich das Militär auftauchen und alle Beweise verschwinden lassen. Unter Umständen krallen sie sich sogar deine Oma.«

»Woher weißt du das?«

»Rosswell«, erwiderte Elvis. Ich schien verwirrt auszusehen, denn er erklärte: »Rosswell ist eine Stadt. Vor vielen Jahren ist dort ein Raumschiff abgestürzt. Ein Farmer hat es auf seinem Feld gefunden und die Polizei alarmiert. Die Polizei hat das Militär mitgebracht. Dann hat das Militär den Fundort abgesperrt und sämtliche Trümmer weggeräumt. Gerüchten zufolge sollen sogar Leichen von ein paar Außerirdischen darunter gewesen sein. Den Zeitungen gegenüber hat das Militär behauptet, dass lediglich ein Wetterballon abgestürzt sei, aber niemand, der die Trümmer gesehen hat, konnte das glauben. Das war nur eine Vertuschungsmaßnahme.«

»Und was ist mit den Sachen passiert, die das Militär weggebracht hat?«

»Das weiß niemand. Es heißt, man hätte alles in einem höchst geheimen Militärbunker versteckt. Dort wird wahrscheinlich wie verrückt damit experimentiert.«

Ich schluckte. »Ich möchte auf keinen Fall, dass meine Oma weggebracht wird und man wie verrückt mit ihr experimentiert. Dann könnten wir sie ja niemals zurückverwandeln. Und ich möchte meine frühere Oma wieder haben. Die, die kein seltsames Zeug futtert und nett zu Hunden ist.«

Wir verfielen in konzentrierte Grübelei.

»Ich glaube, wir müssen noch ein bisschen weiterspionieren«, sagte Elvis schließlich. »Wir müssen herausfinden, was die Aliens im Schilde führen und welche Pläne sie verfolgen.«

»Und wie wollen wir das anstellen?« Ich erinnerte mich, dass ich kurz vor einem Herzinfarkt gestanden hatte, als Oma uns beinahe vor ihrem Fenster entdeckt hatte.

»Kannst du irgendwie ins Haus deiner Großmutter gelangen?«, fragte Elvis.

»Ich weiß, wo sie ihren Ersatzschlüssel aufhebt.«

»Gut. Ich habe einen Plan.« Elvis tippte sich bedeutungsvoll an die Nase und wollte gerade mit seinem Plan rausrücken, als heftig am Knauf seiner Zimmertür gerüttelt wurde. Uns beiden fuhr der Schreck in die Glieder. Ich sauste quer durchs Zimmer, schob den Alienator vom Schreibtisch und zurück in den Schuh. Elvis schob den Schweißbrenner unter sein Bett.

»Was treibt ihr beide da drin?«, rief Elvis' Mutter und rüttelte noch fester an der Tür. »Schließt sofort auf.«

Elvis schloss die Tür auf und setzte sich neben mich aufs Bett. Seine Mutter kam herein und beäugte uns misstrauisch.

»Tut mir leid, Mum«, sagte Elvis. »Mike hat Probleme mit Mädchen. Er wollte nicht, dass jemand es mitbekommt.«

Mrs Johnstone hob missbilligend eine Augenbraue. Ich konnte sehen, wie sie mir im Geist einen weiteren Minuspunkt verpasste. »Mike sollte sich lieber aufs Lernen konzentrieren, als an Mädchen zu denken. Wenn er älter ist, hat er noch genug Zeit für diesen Unfug.«

Schamesröte schoss mir ins Gesicht, vom Nacken bis in die Backen. »Na super«, murmelte ich kaum hörbar. Elvis deutete nur ein Schulterzucken an und lächelte unschuldig.

»Elvis muss jetzt bei der Hausarbeit helfen«, sagte Mrs Johnstone. Sie hielt die Zimmertür auf und sah mich streng an, während sie darauf wartete, dass ich ging. Ich drückte mich mit gesenktem Blick an ihr vorbei.

»Wir treffen uns in einer Stunde an deinem Gartentor«, raunte Elvis mir im Hinausgehen zu. Während ich die Treppe hinunterstapfte, verfolgte mich seine Stimme wie ein böser Geruch. »Und denk an das, was ich dir gesagt habe, Mike. Wenn ein Mädchen dich schlecht behandelt, dann vergiss sie einfach und äh ... konzentrier dich aufs Lernen.«

Eine Stunde später machten Elvis und ich uns wieder auf den Weg zu Omas Haus. Ich war immer noch sauer auf ihn, weil er mich vor seiner Mutter blamiert hatte, und sagte ihm unterwegs gehörig die Meinung, während er so tat, als würde es ihm leidtun.

Wir versicherten uns, dass Omas Auto nicht vor dem Haus parkte, dann versteckten wir uns im Garten hinter ein paar Büschen. Es sah so aus, als wäre sie immer noch dort, wo sie heute Morgen so eilig hingefahren war.

»Wie sieht dein Plan aus?«, fragte ich.

Elvis hatte einen Rucksack dabei. Er wühlte darin herum

und zog einen kleinen Metallgegenstand heraus, der wie ein Roboterauge mit Standfuß aussah.

»Du musst mir Zutritt zum Haus deiner Oma verschaffen, dann kann ich diese kabellose Überwachungskamera unauffällig anbringen. Sobald ich sie mit dem Internet verbinde, können wir an meinem Computer bei mir zu Hause alles sehen, was sie aufnimmt. Wir können deine Oma von meinem Zimmer aus überwachen.« Elvis sah sehr selbstzufrieden drein.

»Zeig mal her«, sagte ich, nahm Elvis die Kamera weg und drehte sie in den Händen. »Die sieht teuer aus. Wo hast du sie her?«

»Sie gehört meinem Dad«, antwortete Elvis.

»Wird er nicht merken, dass sie fehlt?«

»Nein«, sagte Elvis. »Ich glaube nicht, dass er sie je wiedersehen möchte.«

»Was?« Es fiel mir schwer, das zu glauben. Elvis' Dad liebte seine Technikausrüstung. »Wieso?«

Elvis seufzte. »Dad hat die Kamera gekauft, kurz bevor wir in Urlaub gefahren sind. Er hat sie über der Haustür befestigt und mit einem Computer im Haus verbunden, auf dem sich eine Gesichtserkennungssoftware befindet. Wenn der Computer eine Person an der Tür erkennt, öffnet sie sich von allein. Er dachte, das wäre praktisch für Mum, wenn sie mit Einkäufen beladen nach Hause kommt.«

Ich war beeindruckt. »Das ist echt schlau.«

»Ja«, sagte Elvis schwach. »Allerdings hat Dad noch weitere Sicherheitsmaßnahmen eingebaut. Als Mum das erste Mal nach der Installation mit Einkäufen nach Hause kann, hat sich die Tür automatisch geöffnet, genau wie sie sollte. Mum wollte gerade reingehen, da hatte die Software eine Fehlfunktion und kam zu dem Ergebnis, dass sie sie doch nicht kannte. Daraufhin hat sie eine Notfallschließung der Tür veranlasst.«

»Klingt übel.«

»War es auch. Die Tür knallte so fest zu, dass sie Mum die Nase gebrochen hat. Ich habe noch nie so viel Blut gesehen oder Mum so wütend erlebt. Als sie aus dem Krankenhaus entlassen wurde, hat Dad die Kamera abmontiert und versteckt. Er wollte nicht, dass Mum an den Unfall erinnert wird.«

»Klasse«, sagte ich. Als ich Elvis' Gesichtsausdruck sah, fügte ich schnell hinzu: »Ich meine, klasse, dass wir die Kamera eine Weile behalten können.«

Ich holte den Schlüssel zur Hintertür unter einem Stein hervor und schloss auf.

»Wir sollten uns besser beeilen, weil wir nicht wissen, wann meine Oma zurückkommt. Ich stehe Schmiere, während du die Kamera anbringst. Wenn ich Omas Auto sehe, klopfe ich ans Fenster. Dann musst du so schnell wie möglich zur Hintertür raus, damit ich sie abschließen und den Schlüssel an seinen Platz zurücklegen kann«, erklärte ich.

»Roger«, sagte Elvis, der sich schon wie ein Spion aufführte. Er verschwand im Haus.

Ich hielt ängstlich nach Oma Ausschau. Elvis war kurz darauf schon fertig und tippte mir auf die Schulter.

»Alles erledigt.« Sein Gesicht war gerötet und er fächelte sich mit den Händen Luft zu. »Junge, ist das heiß da drin. Ich glaube, sie hat die Heizung auf die höchste Stufe gestellt.«

Wir schlossen ab und versteckten den Schlüssel wieder.

»Stell dir vor, deine Oma hat kein WLAN.« Elvis schüttelte den Kopf, als wir zu seinem Haus zurückgingen. »Zum Glück konnte ich die Kamera ins ungesicherte Netz eines Nachbarn einloggen.«

»Oma hat nicht mal einen Computer«, erwiderte ich. Für Elvis war das so seltsam, als würde man keine Unterhose tragen. »Wozu braucht sie also Internet?«

KAPITEL 8

Es dauerte nicht lange, dann waren wir wieder in Elvis' Zimmer. Ich zog einen Stuhl heran, während Elvis seinen Computer hochfuhr.

»Na, wie wäre es mit ein bisschen Reality-TV?«, fragte er und drückte schwungvoll die Eingabetaste. Auf dem Bildschirm poppte ein Fenster auf. In einer Ecke standen Datum und Uhrzeit, aber abgesehen davon war das Fenster schwarz.

»Das wäre prima«, sagte ich betont, »wenn deine Kamera funktionieren würde.«

»Hmmm ... das ist merkwürdig.« Elvis rieb sich das Kinn. Plötzlich flackerte der Bildschirm und aus den Wellenlinien entwickelte sich ein Bild von Omas Wohnzimmer. Oma ging gerade mit Einkaufstüten beladen zu dem Teppich in der Mitte des Zimmers.

»Aber klar«, sagte Elvis und schlug sich so fest gegen die

Stirn, dass sein Handabdruck dort zurückblieb. »Die Kamera hat einen Bewegungssensor. Sie schaltet sich immer nur dann ein, wenn sich jemand bewegt oder Geräusche macht.«

Oma stellte die Tüten auf den Teppich und verließ das Zimmer. Ein paar Minuten später kehrte sie mit einem Karton und weiteren Einkaufstüten zurück und ließ alles auf den Boden fallen. So ging das noch ein paarmal, wobei der Stapel mit ihren Einkäufen immer größer wurde. Dann kniete sie sich neben die Sachen, dabei verzog sie das Gesicht und stöhnte so laut auf, dass die Lautsprecher von Elvis' Computer schepperten.

Es überraschte mich, Oma auf dem Boden knien zu sehen, aber noch mehr überraschte mich, was sie alles auspackte: Unmengen elektronischer Ausrüstung.

»Deine Oma hat wohl gerade den Elektronikmarkt leer gekauft«, sagte Elvis. »Meinst du, dass die gerade einen Schlussverkauf veranstalten?«

Verblüfft beobachteten wir schweigend, wie Oma einige ungewöhnliche Kabel aus ihrer Plastikverpackung riss. Sie kroch vorsichtig hinter den Fernseher und schloss die Kabel an. Dann packte sie weiter aus und brachte einen nagelneuen Laptop zum Vorschein, eine Webcam und ein Mikrofon. Sie schloss alles an die Kabel an. Elvis pfiff jedes Mal bewundernd durch die Zähne, wenn sie ein weiteres protziges Teil zum Vorschein brachte.

»Was ist das denn für ein Zeug?«, fragte ich Elvis, als sie

noch mehr Hightech-Equipment auspackte. Ich erkannte nichts davon.

Elvis zuckte die Achseln und ließ dann die Schultern hängen. Meine Oma war ein größerer Nerd als er, und das gefiel ihm nicht. »Ich weiß es nicht«, gab er zu. »Vielleicht baut sie einen Sender.«

Im Hintergrund klingelte es an der Tür. Oma erhob sich mühsam und verließ das Zimmer. Als sie ein paar Minuten später wiederkam, war sie in Begleitung eines jungen Mannes. Dem Mann fielen fast die Augen aus dem Kopf, als er das ganze Hightech-Zeug in Omas Wohnzimmer sah, daneben den Berg Verpackungsmaterial und die Kabel, die sich wie ein Haufen Riesenspaghetti über den Boden schlängelten. Oma deutete auf den Fernseher in der Ecke.

»Wer ist der Typ?«, fragte Elvis. Diesmal zuckte ich die Achseln.

»Sieh mal.« Ich deutete auf die Brusttasche des Mannes, an der ein Namensschild befestigt war, das ich allerdings nicht lesen konnte. »Er trägt eine Uniform. Kannst du hineinzoomen, damit man die Schrift erkennt?«

»Klar.« Mit ein paar Tastenkombinationen vergrößerte Elvis den Ausschnitt, der die Brusttasche zeigte.

»Satellitenservice«, las ich.

»Die kenne ich«, sagte Elvis. »Sie installieren Satellitenschüsseln.«

Der Mann hörte schließlich auf, das ganze Zeug anzuglotzen, und nickte. Er verließ das Zimmer, und Oma machte sich wieder daran, Sachen anzuschließen, mit Kabeln zu hantieren und an einer schwarzen Kiste, die vielleicht ein Verstärker war, irgendwelche Einstellungen zu verändern. Während sie arbeitete, war im Hintergrund Hämmern zu hören.

Was sich da in Omas Haus abspielte, nahm uns völlig gefangen. Es war viel interessanter als alle Reality-TV-Sendungen, die ich in letzter Zeit gesehen hatte. Erst als Oma eine Pause machte, um sich ein Glas Wasser zu holen und eine ihrer Herztabletten zu nehmen, fiel mein Blick auf die Uhrzeit auf dem Monitor.

»Oh nein! Ich muss jetzt zum Abendessen nach Hause gehen«, sagte ich. »Aber ich komme so schnell wie möglich wieder.«

»Ich werde vermutlich auch gleich zum Abendessen gerufen«, sagte Elvis. »Ich beobachte sie weiter, solange es geht. Aber kein Grund zur Panik. Ich nehme alles auf einer externen Festplatte auf, dann können wir es später ansehen, falls nötig.«

Wie sich herausstellte, ging ich an diesem Tag doch nicht mehr zu Elvis rüber. Er rief mich nach dem Abendessen an und sagte, Oma würde immer noch mit der neuen Ausrüstung herummachen, und er würde mir Bescheid geben, sobald etwas Interessantes passierte.

Ich beschloss, einen kurzen Spaziergang zu ihrem Haus

zu machen, um zu sehen, ob es außen irgendwelche Veränderungen gab – natürlich ohne zu nahe ranzugehen. Und siehe da, auf dem Dach glänzte eine weiße Satellitenschüssel, noch ganz ohne Taubenkacke. Und es war mit Abstand die größte Satellitenschüssel, die ich je gesehen hatte.

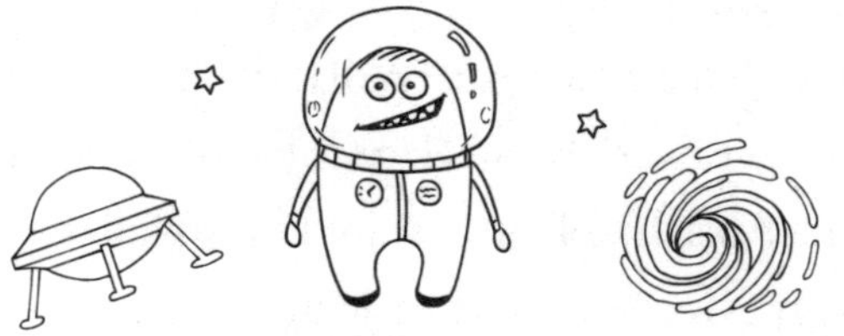

KAPITEL 9

Am nächsten Morgen wurde ich von einem grellen Sonnenstrahl geweckt, der durch einen Spalt im Vorhang schien und mich blendete. Während ich mein Frühstück aß, überlegte ich in aller Ruhe, was der heutige Tag wohl bringen würde. Sollte ich den ganzen Tag Oma hinterherspionieren oder blieb mir auch noch Zeit zum Radfahren und Fußballspielen?

Etwas Kaltes, Nasses spritzte mir auf die Backe. Ich wischte den klebrigen Batzen Babybrei weg. Grace wedelte mit ihrem leeren Löffel in meine Richtung und entblößte mit fiesem Grinsen ihr Zahnfleisch. Sie konnte so gut zielen, dass ich nach jeder Mahlzeit mit Säuglingskost vollgekleckert war, egal wo ich saß. Wenn ich es wagen würde, Grace mit meinem Essen zu bewerfen, würde Mum mir gewaltig die Leviten lesen, aber Grace bekam nie Ärger.

Mum sagte immer, das wäre »nur aus Versehen«, aber ich

glaube nicht, dass Mum die Bedeutung des Wortes »Versehen« kannte. Ich habe es im Wörterbuch nachgeschlagen, und da stand: »Etwas, das aus Unachtsamkeit falsch gemacht wurde, ohne Absicht.« Damit wäre ja wohl alles gesagt.

An diesem Morgen machte Mum irgendetwas an der Spüle und bekam die einseitige Essensschlacht gar nicht mit. »Wie wäre es, wenn ich mit euch beiden heute Vormittag ins Freibad fahre?«, schlug sie vor. »Du könntest einen Freund dazu einladen, Mike.«

Normalerweise hätte ich es super gefunden, an einem heißen Sommertag schwimmen zu gehen. Das nächste Freibad ist eine ziemlich lange Autofahrt entfernt, darum gehen wir nicht allzu oft hin. Aber heute lag die Sache anders. Heute wollte ich Oma im Auge behalten, in der Hoffnung, sie aus den Fängen eines Aliens zu befreien. Vom Freibad aus würde mir das nicht gelingen.

»Danke, Mum«, sagte ich. »Aber ich kann nicht.«

»Du kannst nicht?«, echote Mum überrascht. »Wieso nicht?«

»Wieso nicht?«, wiederholte ich, während ich rasch überlegte. »Weil Elvis mein einziger Freund ist, der gerade nicht verreist ist, und Elvis darf nicht schwimmen gehen. Er hat ... Durchfall.«

Mum runzelte die Stirn. »Dann wäre es besser gewesen, wenn du ihn gestern nicht besucht hättest. Du könntest es auch bekommen und die ganze Familie anstecken. Halte dich lieber von Elvis fern, bis es ihm besser geht.«

Ups. Ich machte schnell einen Rückzieher. »Aber es ist nicht ansteckend. Ihm ist nur schlecht, weil er verdorbenen Weißkohl gegessen hat.«

»Selbst dann –« Das schrille Klingeln des Telefons unterbrach Mum und sie ging schnell abheben. Als sie wiederkam, hielt sie das Telefon ans Ohr und ich hörte nur ihre Hälfte des Gesprächs.

»Ja, er ist da. Wie geht es dir heute? ... Das ist gut. Also keine weiteren Probleme? ... Hast du denn nicht geschmeckt, dass der Kohl verdorben war? ... Ja, manche Menschen finden, dass Kohl immer eklig schmeckt. Genau wie Rosenkohl ... Spielt keine Rolle. Ich gebe dich an Mike weiter.«

Mum verdrehte die Augen und reichte mir das Telefon.

»Ich frage am besten gar nicht, was das eben sollte«, sagte Elvis. »Hör zu, da passiert gerade etwas. Komm so schnell du kannst.«

Ich glaube, das Gespräch mit Elvis hatte Mum durcheinandergebracht, denn als ich sie fragte, ob ich zu ihm rübergehen durfte, nickte sie nur und schien das Freibad völlig vergessen zu haben.

Elvis' Mum öffnete die Haustür und begrüßte mich mit einem knappen Nicken. Ich fand meinen Weg zu Elvis' Zimmer allein und ging rein, ohne anzuklopfen. Es war immer noch stockfinster hier drin. Die Vorhänge waren zugezogen und die Luft roch so abgestanden wie Giraffenatem. Auf dem Schreibtisch stand neben dem Computerbildschirm eine schmutzige Schüssel, an deren Rand die verkrusteten Reste von Frühstücksflocken klebten. Daneben stand ein volles Glas Orangensaft. Der Computer war angeschaltet, und Elvis, der noch seinen Schlafanzug trug, beobachtete alles, was auf dem Bildschirm geschah. Seine Brillengläser stießen dabei fast an den Bildschirm.

»Ich beobachte sie jetzt seit dem Morgengrauen«, sagte Elvis, ohne den Blick abzuwenden. »Als ich dich vorhin angerufen habe, war sie noch immer damit beschäftigt, die Ausrüstung zusammenzubauen.«

Ich zog einen Stuhl heran und setzte mich neben Elvis. »Und was hat sich geändert?«

»Sie schaltet jetzt alles an.«

»Wirklich alles?«, fragte ich. Dabei fiel mir auf, dass an Omas neuen Geräten die grünen Power-LEDs leuchteten.

»Wirklich alles. Sie hat genug elektrische Geräte, um das nationale Stromnetz leer zu saugen.«

Wir sahen zu, wie Oma sich hinunterbeugte, um ihren Fernseher anzuschalten. Knisternd erwachte er zum Leben. Sie ging in die Mitte des Zimmers und starrte den Bildschirm an, der sich mit statischem Rauschen füllte. Oma verstellte einen Regler an einem der schwarzen Kästchen und augenblicklich erschien das Bild eines großen runden Raums im Fernseher. Der Raum glänzte hell, und alles an ihm schien aus einem leichten, hellen Metall zu bestehen: die Wände, der Boden, sogar die Decke. Dann schob sich ein Ausschnitt in der Wand zur Seite, und ich keuchte auf, als eine Echsenkreatur durch die Öffnung trat. Sie sah genauso aus wie das Wesen, zu dem Oma geworden war, nachdem ich mit dem Alienator auf sie gezielt hatte: dunkelgrüne Schuppen, glühende grüne Augen, tintenschwarze Pupillen, die in den Augäpfeln vertikale Linien bildeten. Löcher anstelle von Nasenlöchern und Ohren und ein Schlitz anstelle eines Munds.

»Hab ich's nicht gesagt!« Ich schlug Elvis stärker auf die Schulter, als ich beabsichtigt hatte.

»Autsch.« Elvis rieb sich den Arm. »Aber ich sagte doch, dass ich dir glaube.«

Das Wesen öffnete den Mund und entblößte scharfe, nach hinten abgeschrägte Zähne. Der Mund öffnete und schloss sich, als würde er reden, doch es war nichts zu hören. Das Wesen gestikulierte mit ruckartigen Bewegungen seiner grünen, schuppigen Arme und stieß mit seinen langen, knotigen Fingern in die Luft.

»Kommandant«, war Oma plötzlich dröhnend zu vernehmen. »Ich bin es, Xylon. Ich habe den Planeten Erde erreicht. Ich wurde in eine geriatrische Lebensform implantiert. Die Ohren dieses Menschen sind primitiv und können die hochfrequenten Töne unserer Sprache nicht wahrnehmen. Wir müssen auf Menschenart kommunizieren.«

»Xxxxylon«, erwiderte das Wesen auf dem Bildschirm mit einem langsamen Zischen, als wäre es nicht daran gewöhnt, Laute zu erzeugen. Eine lange, gespaltene Zunge glitt aus seinem Mund und züngelte einen Augenblick wütend hin und her. »Wo hast du gesteckt?«

Oma zuckte zusammen. »Beim Eintritt in die Erdatmosphäre hatte mein Raumschiff Probleme. Darum war ich gezwungen, den Notfallauswurf zu aktivieren und meine Lebensenergie in das Transplantationsgerät zu übertragen, damit ich von Bord gehen konnte, bevor das Schiff zerschellt ist.«

»Pah!« Der Kommandant schnarrte ärgerlich mit der Zunge. »Das Schiff ist nicht zerschellt. Der Autopilot hat es ordnungsgemäß gelandet. Wir haben die automatische Positionsmeldung erhalten, nachdem es aufgesetzt hatte.« Erneut schnarrte der Kommandant mit der Zunge. »Du bist völlig unnötig in Panik geraten und hast deine Mission vermasselt.«

Oma ließ die Schultern hängen. »Ich bitte um Vergebung und um die Erlaubnis, mein Schiff zu finden und nach Hause zurückzukehren«, sagte sie.

Der Kommandant zischte. Es klang wie Luft, die aus einem Loch im Fahrradschlauch entweicht. »Das wird nicht möglich sein. In vier Tagen erreicht unsere Galaxie ein Schwarzes Loch, das uns verschlingen wird. Damit ist unser Ende besiegelt.«

»Dann waren die Vorhersagen also richtig«, sagte Oma und nickte ernst. »Was ist mit unseren Plänen, eine neue Heimat zu finden?«

Der Kommandant schüttelte den Kopf. »Du wurdest

ausgesandt, die Erde zu erkunden, den am weitesten entfernten und am wenigsten geeigneten der vier möglichen Planeten, die wir entdeckt hatten. Als du verschwunden bist, war der Oberste Rat nicht besonders besorgt. Drei weitere Kundschafter wurden ausgesandt, um die anderen Planeten zu erforschen.«

Oma nickte. »Und was haben sie entdeckt?«

»Der Planet Amitron ähnelte unserem Heimatplaneten am meisten. Der Oberste Rat hat ihn als neue Heimat ausgewählt und unsere Auswanderungspläne standen kurz vor der Umsetzung. Aber vor wenigen Tagen hat ein riesiger Meteorit seinen Kurs geändert, ist auf Amitron eingeschlagen und hat dort eine große Eiszeit ausgelöst. Er eignet sich nicht mehr.«

»Und die anderen?«, fragte Oma.

»Auf dem Planeten Cintaro wimmelt es von Viren«, erwiderte der Kommandant. »Der Kundschafter hat nicht lange überlebt.«

»Und der andere Kundschafter?«, fragte Oma. »Wohin wurde er entsendet?«

»Zum Planeten Pathenon. Aber er konnte in der Atmosphäre auf Pathenon nicht atmen. Es ist ihm gelungen, seine Lebensenergie in einen Pathenonianer zu implantieren. Uns bleibt damit nur ein einziger Ausweg und der Oberste Rat hat ihn genehmigt: In drei Tagen startet unsere Invasion auf Pathenon, wo wir uns in die Körper der Pathenonianer implantieren werden.«

»Ich suche also mein Raumschiff und kehre nach Pathenon zurück«, sagte Oma. »Ich bitte darum, dass der Körper eines Pathenonianers für mich reserviert wird.«

»Nein«, bellte der Kommandant. »Du bleibst auf der Erde. Unter unserem Volk regt sich heftiger Widerstand. Sie wollen nicht in den Körpern der Pathenonianer leben. Die sind so hässlich, dass sich uns die Mägen umdrehen.«

»Was verlangen Sie dann von mir, Kommandant?«, fragte Oma.

»Erfülle deine Mission und erkunde wie geplant die Erde. Ich werde deine Informationen dem Oberesten Rat vorlegen. Sie werden entscheiden, welcher Planet unsere neue Heimat werden soll. Pathenon oder die Erde.«

»Ja, Kommandant.«

»Und, Xylon, sollte die Erde ausgewählt werden, musst du ein Wurmloch öffnen, damit unser Volk dorthin gelangen kann. Dafür musst du dein Schiff finden und enttarnen. Es ist uns noch nicht gelungen, seinen genauen Standort zu bestimmen. Wir wissen nur, dass das Positionssignal in einem Umkreis von zwanzig Kilometern um deinen aktuellen Standort gesendet wurde. Du hast drei Tage Zeit. Enttäusche mich nicht noch einmal.«

KAPITEL 10

Oma versicherte wortreich, dass sie auf gar keinen Fall versagen würde oder überhaupt könnte, da die menschliche Rasse ihr und ihrem außerordentlichen Intellekt haushoch unterlegen war, und all so was.

Elvis und ich tauschten einen Blick.

»Junge, Junge, das ist übel«, sagte Elvis. »Es war ja schon schlimm genug, dass deine Oma von einem Alien besessen ist, aber die Invasion einer ganzen Population von Außerirdischen ist richtig schlimm.« Er breitete weit die Arme aus, um das ganze Ausmaß der Katastrophe zu verdeutlichen.

»Pass auf!«, schrie ich, aber es war zu spät. Elvis stieß mit einer Hand gegen das volle Glas Orangensaft. Es kippte um und der Saft ergoss sich wie eine Flutwelle über den Schreibtisch.

Elvis reagierte sofort und versuchte, die Flut mit den Händen einzudämmen, bevor der Saft hinter den Tisch und auf die Stromkabel schwappte. »Schnell, wirf etwas davon rüber«, sagte er und neigte den Kopf in Richtung eines Schmutzwäschehaufens auf dem Boden.

Ich sah die Wäsche an und zögerte. Ich hoffte sehr, dass sich keine Unterhosen in dem Haufen befanden.

»Mach schnell«, rief Elvis.

Ich rief mir ins Bewusstsein, dass womöglich die Zukunft der Menschheit auf dem Spiel stand, nahm das oben liegende Wäschestück zwischen Zeigefinger und Daumen und warf es Elvis zu. Er fing es auf und schleuderte es über die Orangensaftpfütze. Ich warf ihm weitere Wäschestücke zu, bis alle Flüssigkeit aufgesaugt war.

»Das war knapp«, sagte Elvis und wischte die letzten Tropfen mit einer Socke weg.

»Knapper als knapp ...«, sagte ich und deutete auf den Bildschirm. Er war von statischem Rauschen erfüllt.

»Mist. Ich bin sicher, dass kein Saft drangekommen ist, aber vielleicht habe ich beim Aufwischen ein Kabel gelockert.« Elvis sah hinter dem Bildschirm nach und fuhrwerkte an den Kabeln herum. Sekunden später erschien das Bild wieder. Elvis wischte sich mit dem Handrücken über die Stirn und setzte sich wieder.

Der Kommandant redete gerade und klang noch gereizter als zuvor. »Das ist inakzeptabel. Wir können nur hoffen, dass dieser Mensch nicht weiß, was für ein Gerät sich in seinem Besitz befindet.«

»Ich glaube, sie meinen dich«, flüsterte Elvis.

Oma antwortete dem Kommandanten: »Menschliche Jungtiere verlieren schnell das Interesse an ihren Sachen. Mit großer Wahrscheinlichkeit hat er das Gerät längst ausrangiert. Es dürfte einfach sein, es wiederzubeschaffen.«

»Ich hoffe, dass du recht hast, denn nur damit kannst du das Schiff enttarnen. Unternimm alles Nötige, um es diskret wieder in deinen Besitz zu bringen. Du darfst auf keinen Fall entlarvt werden.«

»Selbstverständlich«, erwiderte Oma. »Ich werde mich um den Menschen kümmern.«

Oma beendete das intergalaktische Ferngespräch mit dem Versprechen, sich morgen wieder mit einem Bericht über ihre Fortschritte zu melden.

Elvis und ich saßen da und starrten den leeren Bildschirm an. Oma hatte das Wohnzimmer verlassen. Der Bewegungsmelder meldete keine Bewegungen mehr, darum hatte sich die Kamera abgeschaltet und der Bildschirm war schwarz geworden.

»Also gut«, sagte ich, dann fiel mir nichts mehr ein.

»In Ordnung«, sagte Elvis, wusste sonst aber auch nichts zu sagen.

Wir blieben lange sitzen, ohne uns zu rühren oder etwas zu sagen, bis Elvis unruhig wurde und im Zimmer auf und ab zu gehen begann.

»Also«, sagte ich.

»Ja«, erwiderte er langsam.

Ich sah Elvis noch eine Weile beim Auf-und-ab-Gehen zu.

»Nun gut.« Ich versuchte, alles, was wir gesehen und gehört hatten, in meinem Kopf zu sortieren und zu verstehen. »Ich sehe das so: Uns bleiben weniger als drei Tag, um das Raumschiff zu finden und es unschädlich zu machen oder zu zerstören, bevor Oma es findet und damit dieses Wurmdings öffnet.«

»Wurmloch.«

»Was ist ein Wurmloch überhaupt?«

»Ich sage ja immer, dass wir in der Schule Science-Fiction-Unterricht haben sollten. Es ist unglaublich nützlich.« Elvis blieb stehen. »Ein Wurmloch ist eine Abkürzung im Weltraum, eine Art Tunnel. Der Raum wird gebogen wie zwei Ecken eines Taschentuchs, und so werden zwei Orte näher zusammengebracht. Wenn man das Taschentuch ausbreitet, ist der Abstand zwischen zwei Ecken viel größer, als wenn man es so faltet, dass die zwei Ecken direkt übereinanderliegen. Stell dir vor, wir könnten den Raum zusammenfalten wie ein Taschentuch!«

Ich fand die Vorstellung, den Raum wie ein Taschentuch zusammenzufalten, nicht besonders spannend, aber Elvis war anzusehen, dass er darüber ganz aus dem Häuschen war. Ich nickte und ließ ihn weiterreden.

»Wissenschaftler glauben schon seit Langem an die Möglichkeit, Wurmlöcher zu erzeugen. Aber obwohl viele von ihnen es probiert haben, ist es noch keinem gelungen. Ein Wurmloch braucht Antimaterie, das ist das Problem. Wir wissen nicht, wie man Antimaterie herstellt.«

»Genau«, sagte ich, nachdem Elvis sein ganzes Wurmlochwissen über mich ausgegossen hatte. Ich würde ihn mit Sicherheit nicht fragen, was Antimaterie war, sonst würde ich noch hier sitzen und mir seine Vorträge anhören, währen die Aliens bereits bei uns einmarschierten. »Darum müssen wir das Schiff finden. Es macht irgendetwas, das das Wurmloch offen hält.«

»Ganz richtig«, sagte Elvis. »Die Aliens können Antimaterie und Wurmlöcher erzeugen. Das ist unglaublich. Es ist so ... es ist so, als wäre ein Traum wahr geworden.«

Ich fragte mich, wie jemand, der so auf Wissenschaft stand, derart weltfremd sein konnte. Ich dachte immer, Wissenschaft und Realität würden zusammengehören wie Batman und Robin oder Erdbeeren und Schlagsahne. »Es mag ja sein, dass für dich ein Traum wahr geworden ist, aber wenn Oma das Schiff vor uns findet, wird sie das Wurmloch öffnen und eine ganze Planetenladung Aliens wird die Erde überfallen. Für mich klingt das mehr nach einem Albtraum.«

»Ja, natürlich, ich meinte nur –«

»Ich weiß«, unterbrach ich ihn. »Aber wir müssen das Raumschiff so schnell wie möglich finden.«

»Alles klar«, sagte Elvis. »Gehen wir.«

Ich stand auf und wir gingen zur Tür. Elvis griff nach dem Knauf und hielt inne.

»Wo genau gehen wir eigentlich hin?«, fragte er.

KAPITEL 11

Eine Stunde später hatten wir uns so etwas wie einen Plan überlegt, wie wir das Raumschiff finden wollten. Wir legten unser Taschengeld zusammen, stiegen auf unsere Fahrräder und machten uns auf den Weg in die Stadt. Dort kauften wir eine Karte der Region und Elvis zeichnete darauf mit rotem Stift um Omas Haus einen Kreis mit einem Durchmesser von zwanzig Kilometern. Sicherheitshalber packte er noch ein paar Kilometer drauf.

Unsere Stadt ist klein, es gibt hier alles nur ein-, höchstens zweimal: eine Bücherei, zwei Supermärkte, zwei Schulen. Du weißt, was ich meine. Mum sagt, Pinehaven hätte genau die richtige Größe. Es ist alles da, was man braucht, und nicht mehr als nötig. Elvis und ich leben im Westen der Stadt, im neuen Teil, der eigentlich gar nicht mehr so neu ist.

Man muss gar nicht weit aus Pinehaven rausfahren, und

schon ist man von Getreidefeldern und von gemütlich wiederkäuenden Kühen umgeben. Die meisten Menschen hier leben von der Landwirtschaft, aber im Sommer strömen auch Dutzende von Touristen hier durch.

Ihr Ziel ist der westlich von uns gelegene Nationalpark. Mit Kameras und Ferngläsern ausgerüstet, gehen sie auf dem See Boot fahren und angeln oder sie wandern durch die alten Wälder. Die besonders Ambitionierten stehen schon in der Morgendämmerung auf, steigen in ihre teuren Wanderstiefel und schwingen ihre Wanderstöcke. Hustend und prustend arbeiten sie sich den steilen Pfad zur Spitze des erloschenen Vulkans hinauf, genießen die tolle Aussicht auf den Park und machen sich dann eilig wieder an den Abstieg, um rechtzeitig zum Abendessen ins einzige Hotel der Stadt zu gelangen.

Das war die Landschaft, die wir auf unserer Karte sahen. Elvis und ich breiteten sie auf dem Boden seines Zimmers aus und studierten sie. Wir suchten innerhalb des markierten Bereichs nach einem Hinweis darauf, wo das Raumschiff abgestürzt sein könnte. Aber die Absturzstelle war natürlich nicht auf der Karte verzeichnet. Es war eine blöde Idee, und das wussten wir auch.

»Was jetzt?«, fragte ich Elvis.

»Wie wäre es damit?«, sagte Elvis und deutete auf einen kleinen Fleck auf der Karte. Ich senkte den Kopf, um mir die Stelle genauer anzusehen, und er tat es ebenfalls. Unsere Köpfe stießen zusammen, und einen Augenblick lang fühlte ich mich wie ein Cartoonmännchen, dem Sterne um den Kopf tanzten, während ihm Vögelchen ins Ohr zwitscherten.

»Das ist ein Teich. Das hilft uns auch nicht weiter«, sagte ich und rieb mir verärgert den Kopf. Wir hatten jeden Punkt auf der Karte studiert, und alles, was es uns eingebracht hatte, waren Beulen auf der Stirn.

»Zeit für Plan B«, sagte Elvis.

»Wir haben aber keinen Plan B.«

»Dann sollten wir schleunigst einen erstellen.« Er war für meinen Geschmack viel zu gut gelaunt.

»Der sollte möglichst besser sein als unser Plan A«, brummte ich. »Von dem haben wir nur Kopfschmerzen bekommen.« Ich berührte meine Stirn, die bereits anschwoll. Dabei fiel mir etwas ein. Wir mussten nach einer Veränderung Ausschau halten.

»Hey«, sagte ich, »es hilft uns überhaupt nicht, nur die eine Karte anzuschauen. Das Raumschiff ist getarnt. Das heißt, es sieht nicht wie ein Raumschiff aus, sondern wie irgendetwas anderes. Wenn wir herausfinden, wann das Schiff abgestürzt ist, dann können wir eine Karte, die vor dem Absturz erstellt wurde, mit unserer neuen Karte vergleichen und sehen, ob sich etwas geändert hat.«

»Und was, wenn das Schiff gar nicht auf der Karte verzeichnet ist?«

»Dann müssen wir die ganze Gegend zu Fuß absuchen.« Das würde in drei Tagen kaum zu schaffen sein.

Elvis wurde bleich. Er ist nicht besonders scharf auf sportliche Betätigung. Er überlegte einen Augenblick.

»Okay«, sagte er, »wir versuchen es erst mal damit, Karten zu vergleichen, aber dazu müssen wir erst mal herausfinden, wann der Alienator in deinem Garten gelandet ist. Kannst du mir die genaue Stelle zeigen, wo du ihn gefunden hast?«

Man kann aus Elvis' Fenster in den Garten hinter unserem Haus sehen, darum konnte ich ihm schnell die Stelle unter einem der Bäume zeigen, an der ich das Gerät entdeckt hatte.

Da es so nahe am Baum und so tief unter der Erde vergraben gewesen war, kam Elvis zu dem Schluss, dass es aus dem Raumschiff gefallen sein musste, *bevor* der Baum gepflanzt worden war. Andernfalls wäre es nämlich am Baum abgeprallt und woanders gelandet.

Vielleicht war es im Winter aufgeschlagen, als der Boden matschig gewesen war, und die Wucht des Aufpralls hatte das Gerät tief in den Schlamm gedrückt. Irgendwann war dann später der Baum gepflanzt worden. Wenn wir wussten, um was für eine Baumart es sich handelte und wie schnell sie wuchs, dann konnten wir den Zeitpunkt in etwa ausrechnen.

Elvis setzte sich an den Computer und fand im Internet schnell eine Seite, mit deren Hilfe er den Baum bestimmen konnte. Dort stand auch, wie schnell diese Baumart wuchs, und so kam Elvis auf eine ungefähre Schätzung.

»Dreißig Jahre«, sagte Elvis. »Ich glaube, dass der Alienator vor ungefähr dreißig Jahren hier gelandet ist, also etwa zu der Zeit, als dieser Vorort entstand.«

»Aber es könnte doch auch früher gewesen sein.«

»Nein, denn früher wurden hier Kartoffeln angepflanzt. Der Boden wurde regelmäßig umgegraben, und wenn der Alienator schon damals hier gelandet wäre, hätte ein Farmer ihn gefunden. Darum glaube ich, dass er in deinem Garten gelandet ist, kurz bevor die Bäume gepflanzt worden sind, etwa zu der Zeit, als euer Haus gebaut wurde.«

»Wir müssen also nur noch eine Karte finden, die dreißig Jahre oder älter ist, und sie mit unserer neuen Karte vergleichen«, sagte ich. »Wo finden wir alte Karten?«

»In der Bücherei«, antwortete Elvis, hob den Arm wie ein General, der seine Truppen in die Schlacht führt, und deutete in die Richtung, in der die Bücherei lag.

Entschlossen stiegen wir auf unsere Räder und fuhren in die Stadt, um uns eine mindestens dreißig Jahre alte Karte zu besorgen.

KAPITEL 12

Pinehaven hat eine lange Einkaufsstraße, der ein in Vergessenheit geratener Stadtplaner den einfallslosen Namen »Main Street« gegeben hat.

Wenn ich alleine hinradle, brauche ich zehn Minuten bis dorthin, wenn Elvis dabei ist, dauert es fünfzehn bis zwanzig Minuten. Das liegt nicht etwa daran, dass Elvis ein langsamer Radfahrer wäre, sondern daran, dass er Hindernisse oft zu spät bemerkt.

Die Bibliothek befindet sich in einem alten Backsteingebäude an einem Ende der Main Street, direkt neben einem kleinen Park. Wir ketteten unsere Räder an den Fahrradständer. Während ich wartete, bis Elvis seine Hose aus der Fahrradkette befreit hatte, beobachtete ich eine Gruppe Jungs, die ich von der Schule kannte. Sie spielten auf der anderen Seite des Parks Fußball. Einer von ihnen sah zu uns herüber.

»Hey, willst du mitspielen?«, rief er mir zu.

»Nein danke«, rief ich zurück.

Gleichzeitig rief Elvis: »Wir gehen in die Bibliothek.«

Ich stöhnte auf. »Wieso hast du das gesagt?« Ich packte Elvis am Ellenbogen und führte ihn aus dem Park auf die Straße.

»Weil es stimmt«, gab Elvis beleidigt zurück.

»Normale Jungs gehen nicht freiwillig in die Bibliothek, wenn sie an einem sonnigen Tag etwas im Freien machen können«, erklärte ich ihm. »Sogar dann, wenn keine Sonne scheint. Es gehört sich einfach nicht.«

»Aber wir tun es«, beharrte Elvis.

Ich seufzte. »Ja, aber nur, weil wir die Welt retten müssen. Also nicht freiwillig.«

Als wir an der Steintreppe angekommen waren, die zum Eingang der Bibliothek führt, ließ ich Elvis' Ellenbogen los. Ich blieb stehen und versuchte mich krampfhaft zu erinnern, ob ich noch irgendwelche Ausleihgebühren schuldig war.

»DAS ENDE DER WELT IST NAHE!«

Eine laute Stimme schreckte mich aus meinen Gedanken auf. Ein schäbig gekleideter Mann kam auf dem Gehweg auf uns zugewankt. Er fuchtelte wild mit den Armen, während er schrie. Er hatte tiefe Falten im Gesicht, wie ein Blatt Papier, das ein paarmal zu oft zusammengeknüllt und wieder aufgefaltet worden war. Seine Augenbrauen waren dick und wanden sich wie zwei haarige, graue Raupen über stechend blauen Augen, mit denen er Elvis und mich anstarrte.

Es stimmt, dass es in Pinehaven alles einmal gibt, auch einen verrückten, stinkenden alten Kerl, der durch die Straßen zieht und lautstark alle möglichen verrückten Sachen brüllt. Er wird Mad Bill genannt und ist weitgehend harmlos, abgesehen von dem Gestank, der einen fast umhaut, wenn man ihn zu nah an sich heranlässt.

»Lauf, schnell«, sagte ich und verschwendete keinen Gedanken mehr an Ausleihgebühren. Während ich Elvis die Stufen zur Bibliothek hochschob, hielten wir uns beide die Nase zu.

»SIE KOMMEN ...«, dröhnte Mad Bill, als wir durch die Eingangstür stürzten und uns vor Lachen schier nicht mehr einkriegten. Etwas zu spät fiel uns ein, wo wir waren.

»Ruhe!« Miss Pools drohender Blick ließ uns erstarren. Sie ist groß und furchteinflößend und herrscht über die Bibliothek wie die böse Königin aus Schneewittchen.

»Mike Matthews.« Finster starrte sie mich über ihre knochige Nase hinweg an. »Na, das hätte ich mir ja denken können.«

Elvis und mir blieb das Lachen im Halse stecken. Eisiges Schweigen breitete sich in der Bibliothek aus. Miss Pool wandte sich ihrer Tastatur zu und tippte eine Suchanfrage in die Datenbank. Das Klackern der Tasten echote von den Steinwänden, so fest drosch sie darauf ein. Sie schürzte die Lippen und runzelte die Stirn. »Genau das habe ich vermutet. Drei Dollar Überziehungsgebühren sind fällig.« Sie fixierte mich mit kalten, zusammengekniffenen Augen. »Wieder einmal.«

Hastig kramte ich mein restliches Taschengeld aus der Jeanstasche und reichte es ihr. »Tut mir leid, Miss Pool. Ich bin gekommen, um meine Schulden zu bezahlen.«

Miss Pool schnaubte und mein Geld verschwand in ihrer Kasse. Ohne uns eines weiteren Blickes zu würdigen, sah sie den Bücherstapel auf dem Tresen durch, den sie vorhin bearbeitet hatte.

Elvis und ich standen einen Moment lang da. Es war so kalt hier drin, dass sich mir die Härchen auf den Armen aufstellten. Ich rieb meine Hände und bibberte. Wir brauchten Hilfe, um die Karte zu finden. Ich stieß Elvis an. Er schlurfte einen Schritt nach vorn und räusperte sich. Miss Pool sah auf.

»Verzeihung, wir suchen eine alte Karte der Gegend«, sagte Elvis. »Bitte.«

Miss Pool stöhnte übertrieben und stakste zum anderen Ende der Bibliothek. Wir eilten ihr hinterher. Hier war ich noch nie gewesen. Miss Pool blieb stehen und deutete mit einem langen Finger auf eine Reihe Schubladen an der Wand.

»Mittlere Schublade«, sagte sie. »Aus der Abteilung mit Nachschlagewerken könnt ihr nichts ausleihen, versucht es also gar nicht erst. Ihr dürft es euch nur hier ansehen.« Sie schnüffelte und kehrte an ihren Tresen zurück.

In der mittleren Schublade, auf die Miss Pool gedeutet hatte, befand sich ein Stapel Karten der Region aus verschiedenen Jahren. Ich fand eine Karte, die dreiunddreißig Jahre älter war als unsere. Nicht nur das Alter passte, sie war auch im gleichen Maßstab gezeichnet. Das würde es viel einfacher machen, beide miteinander zu vergleichen. Wir hätten uns gern abgeklatscht, aber aus Angst vor Miss Pool trauten wir uns nicht.

Wir breiteten die Karten nebeneinander auf einem Tisch aus und Elvis sah sie auf der Suche nach Unterschieden abwechselnd an. Die Beule an meiner Stirn erinnerte mich daran, dass ich ihm dabei besser nicht im Weg sein sollte.

Während Elvis die Karten studierte, lehnte ich mich in meinem Stuhl zurück und wartete. Das Ticken einer Wanduhr erfüllte die Stille. Es war kurz vor drei.

»Schon was entdeckt?«, fragte ich flüsternd.

»Nichts Passendes«, erwiderte Elvis.

Ich lehnte mich weiter zurück, bis ich auf zwei Stuhlbeinen wippte. Ich hielt kurz die Balance, dann ließ ich mich wieder nach vorn kippen. Und weil ich sonst nichts zu tun hatte, machte ich es wieder. Und wieder.

»Würdest du das bitte unterlassen«, zischte Elvis. »So kann ich mich nicht konzentrieren.«

»Tut mir leid.« Ich stand auf und dehnte mich. Ich beschloss, mir die Zeit zu vertreiben, indem ich die Regale in der Nähe durchsah. Vielleicht versteckte Miss Pool hier hinten die Comics. Ich ging zum nächsten Regal und sah es mir genauer an. Es war voller Aktenordner. Jeder war mit einer Jahreszahl beschriftet. Die ältesten Ordner standen ganz oben. In der Hoffnung, vielleicht etwas Hilfreiches zu entdecken, zog ich einen Ordner heraus. Darin befanden sich alte Ausgaben der *Pinehaven Post*, unserer Wochenzeitung. Ich stellte den Ordner zurück und fuhr mit dem Finger die Regalreihen entlang, bis ich den Ordner fand, der dreißig Jahre alt war. Er stand in der obersten Reihe in der Mitte und ich kam nicht ganz an ihn heran. Ich zog einen Stuhl her, stieg drauf und zog den Ordner heraus. Staub rieselte auf mich herab.

Ich blätterte durch die alten Ausgaben und entdeckte ein paar faszinierende historische Fakten. Vor dreißig Jahren hatte in Pinehaven eine kurze Dürreperiode geherrscht; im Westen der Stadt war gerade ein Neubaugebiet fertiggestellt worden; ein Viehdieb hatte einem Bauern drei Kühe gestohlen; ein Kind aus Pinehaven hatte die regionale Buchstabiermeisterschaft gewonnen. Ich gähnte. Elvis arbeitete immer noch konzentriert. Ich stieg auf den Stuhl und schob den Ordner wieder ins Regal. Meine Finger zuckten hin und her. Sollte ich den Ordner davor oder danach nehmen? Ich entschied mich für den aus dem Jahr davor.

Die einunddreißig Jahre alten Zeitungsausgaben waren genauso aufregend. Es hatte eine Windpockenepidemie gegeben; die Schule hatte einen neuen Rektor bekommen; der Winter war in dem Jahr besonders nass gewesen; in der Gegend war ein Nationalpark ausgewiesen worden.

Dann sah ich ihn: einen kleinen Artikel unten auf der zweiten Seite der allerletzten Ausgabe. Ich trug den Ordner zum nächsten Tisch und setzte mich hin, um den Artikel zu lesen.

UFO in Pinehaven gesichtet

Am vergangenen Donnerstag hat der ortsansässige Farmer William Morrison in den späten Abendstunden nach einem sturzbachartigen Regen im Westen Pinehavens ein nicht identifiziertes Flugobjekt gesichtet.

Williams sagte: »Ich hatte Sorge, dass meine tiefer liegenden Felder nach dem schweren Regen überflutet werden könnten. Darum wollte ich gegen 23 Uhr meine Rinder auf eine höher gelegene Weide treiben. Als ich durch die Felder ging, hörte ich von oben ein Summen. Ich sah auf und sah erst mal nur Wolken. Dann wurde das Summen lauter und die Wolken direkt über mir begannen hell zu leuchten. Sekunden später fiel etwas aus dem Himmel. Es sauste genau über das Feld hinweg, auf dem ich stand, und flog in westlicher Richtung weiter. Der Flugbahn nach sah es aus, als wollte es landen. Nachdem es über meine Farm hinweggeflogen war, verlor ich es aus den Augen, darum weiß ich nicht, wo es gelandet ist. Es war hell erleuchtet, rund und drehte sich im Flug. So etwas habe ich in meinem ganzen Leben noch nicht gesehen. Ich bin hundertprozentig sicher, dass es ein außerirdisches Raumschiff war.«

Der örtliche Police Constable Derek Dunworthy sagte,

dass es vermutlich eine Fehlsichtung war und dass es sich bei dem Phänomen um einen Blitz gehandelt haben muss.

In einem heutigen Gespräch beharrte Mr Morrison darauf, dass er ein außerirdisches Raumschiff gesehen habe. Auf die Frage, ob er sich täuschen könnte, antwortete er mit diesen dramatischen Worten: »Ich weiß, was ich gesehen habe, und das war kein Blitz. Für mich besteht nicht der geringste Zweifel daran, dass gestern Abend irgendwo in der Nähe von Pinehaven ein UFO gelandet ist. Die Außerirdischen sind da. Das könnte das Ende bedeuten für die Welt, wie wir sie kennen.«

Außer Mr Morrison hat niemand das Raumschiff gesichtet.

Ich brachte Elvis den Artikel und zeigte ihn ihm. Er las ihn sorgfältig. »Interessant«, sagte er, nachdem er fertig war. »Wir werden unsere Suche auf den Westen Pinehavens konzentrieren.«

»Hast du im Westteil der Karten irgendetwas Verdächtiges entdeckt?«, fragte ich.

»Nein«, antwortete er. »Ich bin zu der Schlussfolgerung gelangt, dass das Raumschiff eventuell nicht groß genug ist, um auf der Karte eingezeichnet zu sein. Schließlich war nur eine einzige Person, oder vielmehr ein einziger Außerirdischer, an Bord. Wir haben einen ganzen Tag damit verplempert. Hoffentlich hat deine Oma bei ihrer Suche nicht mehr Glück gehabt als wir.«

Wir seufzten beide enttäuscht. Ich schaute mir die Karten an, die vor uns ausgebreitet dalagen. Westlich von

Pinehaven befand sich der große Nationalpark. Den zu durchforsten, würde eine Menge Zeit benötigen.

Ich warf einen Blick auf die Bibliotheksuhr. »Es ist schon fünf! Ich muss nach Hause«, rief ich. Mum würde mit dem Abendessen warten und sich fragen, wo ich abgeblieben war. Heute konnten wir nichts mehr tun. Wir packten zusammen und kehrten zu unseren Fahrrädern zurück.

Obwohl es schon auf den Abend zuging, kam es mir draußen noch immer sehr warm vor, zumindest im Vergleich zur unterkühlten Bibliothek. Der Park, bei dem wir unsere Räder abgestellt hatten, war fast menschenleer. Wir stiegen auf und radelten tief in Gedanken versunken die Straße entlang. Als wir uns der Bäckerei näherten, sah ich Mad Bill davor auf dem Gehweg warten. Der Bäcker trat ins Freie und reichte ihm eine braune Papiertüte mit einem Brotlaib. Er lächelte ihn freundlich an, klopfte ihm auf die Schulter und verschwand dann wieder in seinem Laden. Als wir an ihm vorbeifuhren, hob Mad Bill den Kopf. Bevor ich wegsehen konnte, fing er meinen Blick auf.

»ES KÖNNTE DAS ENDE DER WELT BEDEUTEN!«, schrie er und schwenkte mit dem Brot in meine Richtung.

Ich übersah ein Schlagloch und landete mit dem Vorderrad darin. Hastig wandte ich den Blick von Mad Bill ab und versuchte, mein Fahrrad wieder unter Kontrolle zu bringen. Hinter mir hörte ich Elvis kichern. Ich legte einen Zahn zu, um schnell von Mad Bill wegzukommen. Wir bogen um eine Ecke, und sein Schreien wurde leiser, bis wir es schließlich gar nicht mehr hörten.

Elvis kicherte immer noch, aber ich ließ mich davon nicht anstecken. Etwas nagte an mir, aber ich kam nicht dahinter, was es war, und das nagte noch mehr an mir.

Dann fiel es mir plötzlich ein.

KAPITEL 13

Ich drückte die Handbremse so fest, dass mein Fahrrad quietschend zum Stehen kam. Hinter mir kreischte Elvis auf, während er um mich herumkurvte und an der Bordsteinkante hängen blieb. Zum Glück gelang es ihm, den Fuß rechtzeitig auf den Boden zu bekommen, sonst wäre er gestürzt.

»Beim nächsten Mal warnst du mich, bevor du eine Vollbremsung hinlegst«, beschwerte er sich. »Ich hätte mich verletzen können.«

»Es könnte das Ende der Welt bedeuten«, entgegnete ich.

»Kein Grund, sarkastisch zu werden«, meinte Elvis und schob sein Rad neben meines.

»Nein. Es könnte das Ende der Welt bedeuten«, wiederholte ich.

Elvis hob die Augenbrauen und sah mich an. »Wenn wir nicht die ganze Zeit in der Bibliothek gewesen wären, würde ich mir Sorgen machen, dass du einen Hitzschlag erlitten hast. Wovon redest du?«

»Von Mad Bill«, erwiderte ich. »Genau das hat er gesagt, dass es das Ende der Welt bedeuten könnte. Und genau dasselbe hat der Typ gesagt, der vor einunddreißig Jahren das UFO gesichtet hat.«

»Verrückte reden doch ständig vom Ende der Welt.«

»Das mag stimmen«, entgegnete ich. »Aber jetzt verrate mir, wie der Spitzname von William lautet?«

»Ohhhhh«, sagte Elvis, und ich konnte sehen, wie ihm ein Licht aufging. »Bill. Du meinst, Mad Bill ist William Morrison, der Kerl, der das UFO gesichtet hat?«

»Und ob«, sagte ich. »Ich glaube, wir müssen mit ihm reden.«

»Ich habe befürchtet, dass du das sagen würdest.«

Aber wir hatten keine Zeit, um noch mal umzukehren und Mad Bill Fragen zu stellen. Mum mag es gar nicht, wenn ich zu spät zum Abendessen komme, und ich wollte nicht riskieren, deswegen Hausarrest zu bekommen. Es konnte bis morgen warten. Mad Bill war normalerweise nicht schwer zu finden. Wir radelten schleunigst nach Hause und trennten uns an Elvis' Gartentor.

»Ich sehe mir die Aufzeichnungen der Kamera im Haus deiner Oma an. Falls es etwas zu berichten gibt, rufe ich dich an«, versprach Elvis.

Ich gähnte. Ich hatte vor, mich nach dem Essen aufs Ohr zu hauen.

Elvis rief an, als ich mich gerade zugedeckt hatte. »Ich habe gerade die heutigen Aufzeichnungen angeschaut und ich habe leider keine guten Neuigkeiten. Deine Oma hat dem Kommandanten erzählt, dass die Atmosphäre der Erde giftig ist. Die Echsenleute können im Gegensatz zu uns die Mischung aus Stickstoff und Sauerstoff nicht atmen.«

»Aber das ist doch eine gute Neuigkeit.«

»Das dachte ich zuerst auch. Aber leider stimmt es nicht. Falls sie die Erde auswählen, haben die Aliens vor, die Menschenkörper zu besetzen, so wie Xylon im Moment in deiner Oma lebt. Sobald ihre Wissenschaftler genetisch modifizierte Klone ihrer eigenen Spezies geschaffen haben, die die Luft hier atmen können, werden sie von den Menschenkörpern in diese Klone wechseln. Und da sie unsere Körper dann nicht mehr benötigen, werden sie sie zerstören. Sie haben vor, jeden einzelnen Menschen auf dem Planeten zu töten.«

Ich schluckte. Elvis hatte recht, das waren keine guten Neuigkeiten.

Er fuhr fort: »Wir müssen deine Oma irgendwie aufhalten. Die einzige einigermaßen gute Nachricht ist, dass sie das Schiff noch nicht gefunden hat. Sie hat auch gesagt, dass sie den Alienator sucht. Ich habe nachgesehen. Er liegt immer noch unter meinem Bett, wo du ihn versteckt hast. Von jetzt an sollten wir ihn ständig bei uns tragen. Ich hole dich morgen früh ab.«

Am nächsten Morgen wachte ich früh auf, wankte die Treppe hinunter, um zu frühstücken, und fand Mum und Oma am Küchentisch vor, wo sie Kaffee tranken.

»Was macht die denn hier?«, fragte ich.

»Mike! Das ist sehr unhöflich«, schimpfte Mum. »Deine Oma hat mir angeboten, mir heute beim Hausputz zu helfen. Entschuldige dich sofort bei ihr.«

Ich hätte mich in den Hintern treten können. Ich musste mich vor Oma völlig normal benehmen, sonst würde sie Verdacht schöpfen. »Tut mir leid, Oma. Ich bin nur überrascht, dich so früh am Morgen schon hier zu sehen. Aber ich freue mich natürlich, dass du da bist, egal zu welcher Tageszeit. Ich freue mich immer, meine Oma zu sehen, also dich. Immer«, faselte ich.

Junge, Junge, was gab ich da von mir? Mum starrte mich an. Ich ging zum Schrank und tat so, als würde ich mir Zeit lassen, meine Frühstücksflocken auszusuchen, und als könnte ich mich nicht zwischen Puffreis mit Schokogeschmack und Haferflocken entscheiden.

»Übrigens, Elvis hat heute früh schon mehrmals angerufen«, sagte Mum.

»Wir gehen heute zum Schwimmen an den See. Ich vermute, er kann es kaum erwarten.« Ich setzte mich und begann zu essen.

»Ist in Ordnung. Aber räum vorher den Boden in deinem Zimmer auf. Wir wollen dort nachher staubsaugen.«

Aha. Das war also Omas Plan. Sie wollte mein Zimmer

durchsuchen. Während sie ihre Zeit damit verschwendete, nach dem Alienator zu suchen, würden wir ihn dabeihaben, während wir die Landschaft nach dem Raumschiff abgrasten.

Es klingelte, und Mum huschte zur Haustür, um zu öffnen. Sie kam mit Elvis im Schlepptau zurück. Seine Augen weiteten sich, als er meine Oma am Tisch sitzen sah. Er hatte sie nicht mehr von Nahem gesehen, seit ihr Körper von einem Alien gekapert worden war. Jetzt konnte er sie in Ruhe betrachten. Tatsächlich starrte er sie regelrecht an. Es war ein Fiasko, wie wenig wir beide es schafften, uns normal zu benehmen. Und es sollte noch schlimmer werden.

»Heute ist ein toller Tag, um im See zu schwimmen«, sagte Mum zu Elvis.

Elvis dachte über Mums Bemerkung nach. »Eigentlich nicht. Solche sonnigen Tage erinnern uns nur daran, dass die globale Erwärmung eine ernst zu nehmende Bedrohung darstellt. Wussten Sie, dass die Durchschnittstemperatur drei Grad höher ist als noch vor fünfzig Jahren?« Ohne auf eine Antwort zu warten, plapperte Elvis weiter. »Die nicht umkehrbare Erwärmung des Planeten Erde wird letztlich dazu führen, dass die Polkappen schmelzen. Dadurch werden zahlreiche Gegenden überflutet und das Wetter wird auf der ganzen Erde unvorhersehbar. In wenigen Jahren wird hier kaum noch Leben möglich sein.«

Mum blinzelte erstaunt.

»Gehen wir nach oben«, sagte ich und sprang von meinem Stuhl auf. Ich musste Elvis hier rausbekommen.

»Ich fand, dass es ganz gut gelaufen ist«, sagte Elvis, als wir in meinem Zimmer allein waren. »Ich hatte gehofft, dass es mir gelingen würde, ein paar entmutigende Informationen über die Erde in die Unterhaltung einzuflechten. Zum Glück hat deine Mutter mit dem Thema angefangen.«

»Hat sie nicht.«

»Doch, das hat sie. Wie sonst hätte ich diese ganzen Tatsachen so gut einfließen lassen können? Jetzt müssen wir die Daumen drücken und hoffen, dass deine Oma ihrem Heimatplaneten die schlechten Neuigkeiten mitteilt. Das bringt sie vielleicht von ihren Invasionsplänen ab.«

Es hatte keinen Sinn, sich zu streiten, dazu war zu viel zu erledigen.

»Hast du den Alienator?«, fragte ich.

Elvis nickte und klopfte auf den kleinen Rucksack, den er bei sich trug. Das Jaulen des Staubsaugers klang durchs Haus.

Wir machten uns auf den Weg, um Mad Bill zu suchen.

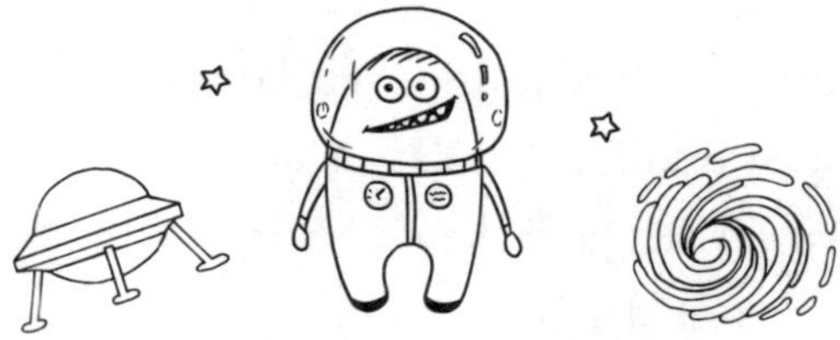

KAPITEL 14

Es stellte sich heraus, dass Mad Bill doch nicht immer so leicht zu finden war. Wir radelten mehrfach die Hauptstraße hin und her, aber niemand sprang uns vom Gehweg an, um uns anzubrüllen, außer man zählt meine Klassenlehrerin vom letzten Schuljahr dazu, die sich anscheinend daran erinnerte, dass ich ihr noch ein paar Hausaufgaben schuldig geblieben war.

»Was machen wir jetzt?«, fragte Elvis, nachdem wir sämtliche Nebenstraßen, die von der Main Street abzweigen, abgesucht hatten. Die Zeit bis zur Invasion der Aliens wurde allmählich knapp, und Mad Bill war die einzige Spur, die wir hatten, um das Raumschiff zu finden. Also mussten wir ihn unbedingt aufstöbern.

»Vielleicht ist er daheim«, sagte Elvis.

»Aber wir wissen nicht, wo er wohnt.«

Wir schoben unsere Räder die Hauptstraße entlang und

überlegten, welche Möglichkeiten uns noch blieben. Es war eine kurze Unterhaltung. Wir konnten eigentlich nur herumhängen und hoffen, dass Mad Bill sich blicken ließ. Der Duft von frisch gebackenem Brot wehte uns entgegen. Wir näherten uns der Bäckerei.

»Während wir warten, könnten wir uns einen gefüllten Donut gönnen«, schlug ich vor.

Als wir die Bäckerei betraten, bimmelte die Ladenglocke. Der Bäcker kam aus dem Hinterzimmer gewatschelt, um uns zu bedienen. Mit seinem weißen Rauschebart und den glitzernden blauen Augen hätte er ein Zwilling vom Nikolaus sein können. Eine weiße Schürze wölbte sich wie ein Tischtuch über seinen Bauch. Es war nicht schwer, sich vorzustellen, was jeden Abend mit den unverkauften Resten passierte.

»Guten Morgen, Jungs.« Mr Milton strahlte uns an. »Was darf es heute sein?«

»Ein gefüllter Donut, bitte«, sagte Elvis.

»Nein, zwei.« Ich stieß Elvis an. »Ich gebe dir das Geld nächste Woche zurück.«

Mr Milton kam mit einer Tüte, in der unsere Donuts waren. »Da ihr heute meine ersten Kunden seid, habe ich noch ein paar Schokoladenplätzchen hineingetan. Die gehen aufs Haus.«

»Vielen Dank«, sagte ich, denn Mr Miltons Großzügigkeit beeindruckte mich. Er verschenkte laufend etwas, so wie das Brot, das er am Tag davor Mad Bill gegeben hatte.

»Wir hätten außerdem gern ein Brot«, fügte ich schnell hinzu. Ich hatte eine Ahnung und wollte testen, ob sie stimmte. Ich pokerte mit Elvis' Geld, aber das Risiko musste ich eingehen. »Es ist für William Morrison. Wir möchten gerne unsere Pfadfinderabzeichen für besondere Hilfsbereitschaft verdienen und wir möchten Mr Morrison helfen. Wir werden ihm das Brot nach Hause bringen.«

»Das ist wirklich nett von euch beiden«, sagte Mr Milton und ließ einen knusprigen Brotlaib in die Papiertüte gleiten. Elvis bezahlte die Donuts und das Brot. Er warf mir einen Seitenblick zu, beschwerte sich aber nicht ... noch nicht.

»Die Sache ist nur«, sagte ich und hoffte, dass mein Spieleinsatz sich bezahlt machen würde, »dass wir nicht wissen, wo Mr Morrison wohnt.«

Mr Milton richtete sich langsam auf. Er strich sich nachdenklich über den Bart. »Na gut, Jungs«, sagte er nach einer Weile. »Ihr findet ihn in der Fairfield Road achtzig.«

Das Glitzern in seinen Augen verschwand, als er uns warnte: »William Morrison ist ein sehr alter Freund von mir. Wenn mir zu Ohren kommt, dass ihr ihn dort draußen geärgert habt, dann bekommt ihr es mit mir zu tun. Bringt ihm einfach nur das Brot.«

Elvis und ich nahmen unsere Tüte entgegen und gingen in den Park bei der Bibliothek, um unsere Donuts zu verspeisen, während wir die Karte studierten. Elvis breitete sie auf dem Rasen aus und suchte nach der Fairfield Road.

Ich angelte inzwischen meinen Donut aus der Papiertüte und aß ihn vorsichtig. Bei jedem Bissen beulte die Marmeladenfüllung den Rand des Donuts aus. Elvis hatte die Fairfield Road schnell gefunden. Er setzte sich auf die Fersen zurück und streckte die Hand aus, damit ich ihm den anderen Donut gab. Puderzucker rieselte herab, als ich ihn hinüberreichte.

»Wo gehen wir hin?«, fragte ich.

Elvis hielt den Donut von der Karte weg, damit die Marmelade nicht drauftropfte, und deutete mit der anderen Hand auf eine eingezeichnete lange Straße.

Plötzlich schrie er: »He!«

Ich sah auf. Ein schwarzer Hund lief an uns vorbei über den Rasen. Es war Houdini. Er erreichte die andere Seite des Parks, dann blieb er stehen. Er warf den Kopf zurück, und für einen kurzen Augenblick war Elvis' Donut zwischen Houdinis Zähnen zu sehen, bevor er ihn am Stück runterschluckte. Dann tat Houdini das, was er am besten konnte: Er verschwand.

»Na toll«, sagte Elvis und starrte unglücklich auf seine leere Hand, in der er eben noch den Donut gehalten hatte. »Echt super.«

Ich reichte Elvis ein Plätzchen aus der Tüte, damit er etwas zu beißen hatte, während wir unsere Route planten, aber es munterte ihn nicht nennenswert auf.

Die Fairfield Road lag im älteren Stadtteil und begann nördlich der Einkaufszone, nur wenige Blocks von der

Bäckerei entfernt. Von dort verlief sie schnurgerade nach Norden bis in die ländlichen Gegenden. Wir fuhren die Fairfield Road entlang, an Häusern und Grundstücken vorbei, die immer größer wurden, je weiter wir uns von der Innenstadt entfernten. Eine Viertelstunde später verschwand der Gehweg und machte einem Randstreifen aus Steinen Platz. Die Häuser wurden unscheinbarer, die Bebauung spärlicher. Wir fuhren immer weiter, bis wir das allerletzte Haus erreichten. Dahinter gab es nur noch Ackerland.

Wir stiegen ab und lehnten unsere Fahrräder an einen wackeligen Zaun. Wir standen vor einem heruntergekommenen Häuschen auf einem überwucherten Grundstück. Ich sah mich um. An dem zerbrochenen Gartentor stand keine Hausnummer und auf dem Patchwork aus abbröckelndem Verputz war ebenfalls keine zu sehen. Am verblichenen Briefkasten waren da, wo die Zahlen stehen sollten, nur Löcher.

Dennoch war ich mir sicher, dass es das richtige Haus war. Es passte wie die Faust aufs Auge zu Mad Bill.

KAPITEL 15

Zu den Stufen, die zu einer Veranda hochführten, gelangte man über einen aufgeplatzten Betonweg durch einen Vorgarten, in dem das ungemähte Gras von der Sommersonne ausgebleicht worden war.

»Komm«, sagte ich mit mehr Begeisterung, als ich empfand.

Elvis und ich gingen den Weg entlang. Elvis nieste, als er das hohe Gras passierte. »Das Gras lässt meinen Heuschnupfen aufblühen«, stöhnte er. »Wieso konnte der Kerl, der das UFO gesichtet hat, nicht ein normaler Mensch sein, der seinen Rasen mäht?«

»Psst«, sagte ich, als wir die Stufen zu der quietschenden Veranda hochgingen. Ich klopfte an die Tür und trat ein paar Schritte zurück. Von da aus hatte ich die Fenster auf beiden Seiten der Tür im Blick. Sie waren zerbrochen und schmutzig.

Wir warteten und lauschten, ob im Haus Schritte zu hören waren. Grillen zirpten im hohen Gras. Das Blechdach knackte, während die Morgensonne es aufheizte.

»Er ist nicht zu Hause. Es ist das falsche Haus«, sagte Elvis und trat auf die oberste Stufe. »Dieser Ort ist mir unheimlich. Ich bin dafür, dass wir gehen.«

»Ich bin dafür, dass wir bleiben.« Ich trat einen Schritt vor und klopfte noch mal laut an die Tür. »Mr Morrison«, rief ich. »Sind Sie zu Hause? Wir möchten mit Ihnen über das UFO sprechen, das sie gesehen haben.«

Ich trat wieder zurück. Die Grillen waren vor Schreck verstummt. Elvis ging noch ein paar Stufen weiter hinunter. Dann höre ich etwas. Eine lose Diele knarrte. Ein Fuß wurde aufgesetzt. Es quietschte, als eine Hand langsam den Türknauf drehte. Meine Beinmuskeln spannten sich an und ich war bereit wegzurennen. Die Tür wurde einen Spaltbreit geöffnet.

»Haut ab!«, knurrte Mad Bills Stimme aus der Dunkelheit hinter der Tür. »Ihr verfluchten Bälger kommt doch nur, um euch über mich lustig zu machen. Ich weiß, was ich gesehen habe. Macht nur! Lacht! Lacht, solange ihr noch könnt. Wenn sie kommen, wird es euch leidtun, dass ihr meine Warnungen in den Wind geschlagen habt.«

»Wir sind nicht hier, um uns über Sie lustig zu machen«, sagte ich und wagte mich vor, bis ich eine zuckende Augenbraue und darunter den Schimmer in einem blauen Auge erkennen konnte. »Wir glauben Ihnen. Wir glauben, dass

Sie ein außerirdisches Raumschiff gesehen haben, und wir brauchen Ihre Hilfe, um es zu finden. Und wir haben Ihnen ein Brot mitgebracht«, fügte ich hinzu und hielt den Laib so, dass er ihn sehen konnte.

Die Tür wurde ein Stück weiter aufgezogen und Mad Bill streckte seinen Arm durch den Spalt. Ich legte das Brot hinein. Die Hand wurde zurückgezogen.

»Ihr werdet es nicht finden.« Mad Bill öffnete die Tür halb und sah mich von oben bis unten an. »Ich habe jahrelang danach gesucht. Die Leute in der Stadt halten mich für verrückt. Sie denken, ich wüsste nicht, wie sie hinter meinem Rücken über mich herziehen.«

Elvis musste zu dem Entschluss gekommen sein, dass Mad Bill harmlos war oder dass er schnell genug rennen konnte, denn er kam die Treppe wieder hoch und stellte sich neben mich.

»Dürfen wir reinkommen?«, fragte ich. »Wir möchten mit Ihnen über das reden, was an jenem Abend passiert ist. Wir haben vermutlich etwas gefunden, das aus dem Raumschiff gefallen ist.«

Mad Bill hielt die Tür nicht für uns auf, aber er schloss sie auch nicht wieder. Er stand da und betrachtete uns eine Weile. Schließlich nickte er und ließ uns eintreten. Wir folgten ihm durch einen langen, dunklen Flur.

Ich kann nichts darüber berichten, was in den vorderen Räumen von Mad Bills Haus war, denn alle Türen waren geschlossen. Am Ende des Flurs blieb er vor einer weiteren

Tür stehen und öffnete sie. Der Raum lag im Dunkeln. Die Vorhänge waren zugezogen.

»Meine Kommandozentrale«, sagte Mad Bill, drückte auf einen Lichtschalter und winkte uns herein.

Elvis und ich schoben uns in den hell erleuchteten Raum. Unsere Augen gewöhnten sich an die plötzliche Helligkeit und wir sahen uns verwundert um. Der Raum ähnelte Omas Wohnzimmer, enthielt aber anstelle der gemütlichen Einrichtung jede Menge elektronisches Equipment. Er war vollgestopft mit Computern, Monitoren, Kabeln und Funkgeräten. Aus einer Ecke, wo ein Supercomputer an der Wand stand, war ein leises Surren zu hören.

An eine Seitenwand war eine riesige Karte der Gegend gepinnt. Sie war an den Ecken eingerissen und das Papier rollte sich auf. Sie war mit verblichenen Markierungen bedeckt, wo jemand vor langer Zeit Linien und Kreuze eingezeichnet hatte.

»Wow«, sagte Elvis, nachdem er sich in der Mitte des Raums einmal um seine Achse gedreht hatte. »Das hatte ich nicht erwartet.«

»Das ist Absicht.« Mad Bill lächelte und entblößte dabei Zähne, die so grau waren wie alles an ihm. »Mein ganzes Geld steckt in dieser Ausrüstung. Ich kann mir keine Versicherung leisten, darum lasse ich das ganze Haus verkommen. So vermutet niemand, was sich darin verbirgt. Ihr dürft kein Sterbenswort darüber verlieren.«

»Wofür ist das alles?«, fragte ich.

Mad Bill wirkte verwundert. »Natürlich, um die Aliens zu finden. Nachdem ich das Raumschiff gesehen hatte, nahm niemand meine Warnung ernst. Ich musste selbst etwas unternehmen, darum habe ich meine Farm verkauft und umgeschult.«

»Umgeschult? Als was?«, fragten Elvis und ich gleichzeitig.

Mad Bill verdrehte die Augen und redete so langsam, als wären wir diejenigen, die etwas schwer von Begriff waren. »Natürlich als UFO-Jäger.«

Er erzählte uns, dass er im Internet eine Intensivausbildung gefunden hatte. Sie war nicht billig gewesen, aber nach mehrjährigem Studium, Exkursionen und strengen Prüfungen hatte er einen Abschluss als geprüfter Alienjäger und -erzieher erhalten. Er zeigte uns sogar sein Zertifikat. Nach seinem Studium hatte er sich mit dem Geld, das er für seine Farm bekommen hatte, eine eigene UFO-Sichtungs-Ausrüstung gekauft. Sie war so teuer gewesen, dass ihm kaum noch Geld zum Leben geblieben war.

Jetzt verbrachte Mad Bill seine Zeit damit, Funkwellen auf Nachrichten von Außerirdischen zu scannen, nach dem abgestürzten Raumschiff zu suchen und die Bürger Pinehavens davor zu warnen, dass eine Invasion der Aliens bevorstand.

»Normalerweise bin ich um diese Zeit in der Stadt und rufe Warnungen aus, aber heute bin ich spät dran«, sagte Mad Bill, was erklärte, wieso wir ihn nicht finden konnten. »Meine Überwachungsanlage hat in den letzten Tagen seltsame Nachrichten abgefangen. Sie sind alle verschlüsselt. Es ist mir noch nicht gelungen, sie zu decodieren, aber dann werde ich endlich den Beweis liefern können, dass Aliens eine Invasion planen.«

Elvis und ich tauschten einen schnellen Blick. Vielleicht war Mad Bill gar nicht so verrückt, wie er aussah.

»Könnten Sie uns zeigen, wo Sie das UFO gesehen haben?«, fragte ich.

Bill zuckte die Schultern. »Ja, aber wozu? Ich habe dreißig Jahre lang jeden nur denkbaren Ort abgesucht, an dem das Schiff gelandet sein könnte, aber es scheint sich in Luft aufgelöst zu haben. Mein ganzes Leben habe ich dafür geopfert.«

»Wie meinen Sie das?«, wollte ich wissen.

Bills Augen wurden feucht. »Bevor das UFO erschien, war mein Leben nahezu perfekt. Ich hatte eine eigene Farm und meine erste große Liebe hatte gerade meinen Heiratsantrag angenommen. Wir haben unsere Hochzeit und unser gemeinsames Leben geplant, als könne uns nichts auseinanderbringen.«

Bill seufzte, dann wurde sein Tonfall bitter. »Nachdem ich das Raumschiff gesehen hatte, war alles zerstört. Beth war nicht bereit, mir zu glauben. Sie sagte, ich müsse mich geirrt haben. Als ich mich weigerte, die Suche aufzugeben, hat sie mich verlassen. Und alle glaubten von da an, dass ich verrückt geworden wäre. Das Raumschiff hat mein Leben zerstört.«

»Das ist so traurig«, sagte Elvis mit erstickter Stimme. Er zog ein großes Taschentuch heraus und schnäuzte sich geräuschvoll.

Ich versuchte mir vorzustellen, was für eine Frau einen Mann wie Mad Bill heiraten würde, aber es gelang mir nicht. Vielleicht hatte er anders ausgesehen und besser gerochen, bevor sein Leben den Bach runtergegangen war. »Wir würden es trotzdem gerne sehen«, beharrte ich. »Vielleicht finden wir es ja gemeinsam.«

»Na gut, was soll's«, sagte Bill und warf die Hände in die Luft. »Ich bringe euch hin. Aber heult mir nachher nichts vor, wenn eure Freundinnen euch den Laufpass geben.«

KAPITEL 16

Es stellte sich heraus, dass Bills damalige Farm im Westen gelegen war, auf derselben Seite der Stadt, wo Elvis und ich lebten, nur weiter draußen. Allerdings hatte es damals, als Bill noch Farmer gewesen war, unsere Häuser noch gar nicht gegeben.

Bill erklärte uns, er hätte in der Garage eine Transportmöglichkeit. Elvis und ich könnten ihm mit den Fahrrädern folgen.

Wir latschten wieder den dunklen Flur entlang. Auf einer Wand fiel mir zwischen den Schatten und der sich ablösenden Tapete ein gerahmtes Foto auf. Ich blieb stehen, um es mir anzusehen. Das verblichene Foto zeigte ein junges, Händchen haltendes Paar auf einer Wiese, das um die Wette strahlte. Der Mann sah kräftig und gesund aus und schaute mit blauen Augen in die Kamera. Ich wollte mich schon wieder abwenden, da erkannte ich plötzlich, dass es sich um Bill handelte, Hand in Hand mit seiner Verlobten, die ihn sitzen gelassen hatte.

Was für ein Glückstreffer! Ich war irre neugierig darauf, wie seine Verlobte ausgesehen hatte. Auf dem Foto sah sie schlank und hübsch aus. Ihre langen Haare wehten im Wind. Sie wirkte überraschend normal. Ja, sie kam mir sogar ein klein wenig bekannt vor ...

Elvis blieb neben mir stehen und studierte das Foto mit zusammengekniffenen Augen. Dann schossen seine Augenbrauen plötzlich in die Höhe und blieben dort. In genau diesem Moment erkannte ich die lächelnde Frau auf dem Foto, obwohl ich sie im wahren Leben kein einziges Mal lächeln gesehen hatte. Es war Miss Pool, die Bibliothekarin. Mad Bill und Miss Pool! Von all den verrückten Dingen, die in den letzten Tagen passiert waren, schoss das doch glatt den Vogel ab.

Bill wandte sich um und ertappte Elvis und mich dabei, wie wir das Foto studierten. Ich dachte, er würde uns anblaffen, wir seien zu neugierig, aber er gesellte sich zu uns und betrachtete es mit verträumtem Blick. »Sie ist schon eine Wucht, was?«, sagte er schließlich und seufzte wehmütig.

»Allerdings«, stimmte ich zu und verdrehte heimlich die Augen. Elvis biss sich auf die Unterlippe, um nicht in Lachen auszubrechen. Was auch immer wir von Miss Pool hielten, es war meilenweit entfernt von den schmachtenden Gefühlen, die Bill für sie zu hegen schien. Wir hielten unsere Blicke auf den Boden gerichtet, während wir darauf warteten, dass Bill sich von seiner Erinnerung losriss. Endlich gelang es ihm und er wandte sich mit einem leichten Kopfschütteln ab.

Bill ging nicht nach draußen, sondern zu einer kleinen Kommode, die neben der Haustür an der Wand stand. Er nahm eine Spraydose aus der obersten Schublade. »Ich gehe heutzutage nicht mehr ungeschützt aus dem Haus«, sagte er und hielt die Flasche hoch, damit wir den Aufdruck lesen konnten.

Ich erwartete, einen Lichtschutzfaktor zu sehen, aber die Flasche enthielt keine Sonnenmilch. *Anti-Alien-Spray!* prangte in großen schwarzen Buchstaben auf dem Etikett. Darunter war ein Cartoon von einem grünen Außerirdischen in einem roten Kreis. Er war mit einer diagonalen Linie durchgestrichen wie auf dem Schild »Hunde verboten«, die unten beim See angebracht sind (nur dass dort natürlich ein Hund auf dem Bild zu sehen ist).

»Das ist das beste Zeug auf dem Markt«, behauptete Bill. »Ich habe es im Internet gekauft. Es gibt eine Geld-zurück-Garantie, falls es nicht funktionieren sollte.« Er nahm die Verschlusskappe ab und besprühte sich großzügig von oben bis unten.

Vor ein paar Jahren hatte einer meiner Lehrer den genialen Einfall, mit meiner Klasse einen Ausflug zur örtlichen Mülldeponie zu machen. Wir hatten damals das Thema Recycling durchgenommen, darum war es nicht so abwegig, wie es klingt. Unser Pech war nur, dass gerade an dem Tag, als wir dort waren, die mobilen Toilettenhäuschen vom Jahrmarkt ausgeleert wurden.

Der eklige Gestank mischte sich mit Essensresten, verrottenden Windeln und anderem verfaulenden Zeug. Er haute einen fast um. Ein paar Kinder mit schwachem Magen fingen an zu würgen, und es dauerte nicht lange, da war uns allen schlecht, und die meisten von uns trugen noch etwas zu dem Müllhaufen bei, bis unser Lehrer uns wieder zum Bus bringen konnte.

Der Verwesungsgeruch von Bills Spray ließ die Erinnerung an jenen Tag wiederaufleben.

Elvis und ich lieferten uns ein Wettrennen zur Haustür, wo wir gleichzeitig ankamen. Ich wehrte ihn mit dem Ellenbogen ab, riss die Tür auf und stolperte auf die Veranda. Elvis war mir dicht auf den Fersen. Im Freien klappten wir zusammen und saugten die frische Luft ein wie zwei Staubsauger.

Als ich sicher war, dass mir das Frühstück nicht mehr hochkommen würde, richtete ich mich auf und sah, dass Bill sich zu uns gesellt hatte. Er hielt das Anti-Alien-Spray mit ausgestrecktem Arm von sich weg. Die Düse zielte direkt auf mich. Ich machte einen Schritt rückwärts.

»Was ist eigentlich los?«, fragte Bill streng.

»Hä?« Wieso war er plötzlich so feindselig?

»Ihr zwei taucht einfach aus dem Nichts auf und erkundigt euch nach dem Raumschiff. Warum interessiert ihr euch dafür? Gehört es euch? Ist das der Grund, warum ihr auf das Spray so heftig reagiert habt?«

»Machen Sie Witze?«, fragte ich ungläubig. »Dieses Spray stinkt widerlich.«

»Superwiderlich«, stimmte Elvis zu und nickte heftig. Als er das sagte, schwang Bill die Dose drohend in seine Richtung.

»Ultrasuperwiderlich«, fügte ich hinzu und Bill zielte mit der Dose wieder auf mich.

Ich hob abwehrend die Hände. »Wir sind keine verkleideten Aliens und das Raumschiff ist nicht unseres. Wir sind nicht aus dem Nichts aufgetaucht. Wir leben in Pinehaven und gehen auf die Pinehaven School. Der Grund, warum wir auf das Spray so heftig reagiert haben, ist ganz einfach. Es stinkt.«

»Es riecht absolut widerlich«, bestätigte Elvis. »Ich wette, wenn Sie damit eingesprüht sind, halten alle von Ihnen Abstand.«

Bill schwenkte die Spraydose immer noch zwischen Elvis und mir hin und her wie ein Höhlenmensch, der mit einem brennenden Stock wilde Tiere abwehrt. Aber er schien über unsere Beteuerungen nachzudenken. Während wir warteten, wurde mir klar, dass es in Bills Haus die ganze Zeit nicht gestunken hatte. Bill roch nur wegen des Sprays so schlecht.

»Nun ...«, sagte Bill. »Es stimmt, dass die Leute einen großen Bogen um mich machen. Und jetzt, wo ihr es erwähnt, erinnere ich mich, dass sich manche dabei die Nase zuhalten. Ich wusste nicht, dass es an mir lag.«

»Wie ist es möglich, dass Sie den Gestank nicht bemerkt haben? Hat Ihre Nase sich daran gewöhnt?«, fragte ich. Es war mir ein völliges Rätsel, wie man diesen Mief ignorieren konnte.

»Nein, das nicht. Ich habe vor langer Zeit meinen Geruchssinn verloren. Es war ein Unfall mit ein paar Chemikalien für die Felder«, sagte Bill. »Ich dachte, das Alien-Spray enthielte besonders geladene Teilchen, die Aliens abwehren. Ich wusste nicht, dass es stinkt. Ist es wirklich so schlimm?«

»Ja!«, beteuerten wir im Chor.

Bill senkte den Arm mit dem Spray und ließ ihn schlaff herabhängen. Traurig schüttelte er den Kopf. »Wenn ich das doch bloß gewusst hätte!« Ich scharrte beschämt mit den Füßen. Schließlich sprach Bill weiter. »Ich muss euch Jungs in dieser Sache wohl glauben. Aber zuerst müsst ihr einen kleinen Test bestehen.«

Wenige Minuten später zogen Elvis und ich Stöckchen, oder vielmehr kleine Ästchen, aus Bills Garten. Wer den kürzeren zog, bekam einen Sprühstoß der Anti-Alien-Lotion auf den nackten Arm verpasst. Wenn sich keine Blasen auf der Haut bildeten, die Haut sich nicht ablöste oder irgendetwas anderes Seltsames oder Außerirdisches tat, hätten wir den Test bestanden. Erst dann würde Bill uns zeigen, wo er das Schiff gesehen hatte.

Eine halbe Stunde später, nachdem Elvis nicht mehr würgen musste und wir Bill davon überzeugt hatten, dass der Ausschlag auf Elvis' Arm nur eine normale allergische Reaktion war, zogen wir los.

KAPITEL 17

»Nur eine allergische Reaktion! Du hast leicht reden«, stöhnte Elvis gequält, während wir mit unseren Rädern vor Bills Garage an der Straße warteten. Elvis kratzte den heftigen Ausschlag auf seinem Arm, als wäre er ein total verflohter Hund. »Ich muss erst mal nach Hause und den Ausschlag eincremen. Das Jucken macht mich wahnsinnig.«

»Geht klar«, erwiderte ich und sah auf die Uhr, obwohl mein Magen mir bereits verraten hatte, dass es bald Zeit fürs Mittagessen war. »Es liegt ja mehr oder weniger auf unserem Weg, und während wir dort sind, können wir uns ein Sandwich machen. Von meinem Haus sollten wir uns allerdings fernhalten, falls Oma noch da ist.«

»Wo bleibt Bill so lange?« Elvis kratzte sich noch mal den Arm. Wir warteten schon seit einer Ewigkeit, dass Bill endlich aus der Garage herausfuhr. Er war vor einer Weile darin verschwunden und hatte seitdem nicht mal die Tür geöffnet.

Ich zuckte die Schultern. Da explodierte in der Garage ein lautes Dröhnen. Es klang, als würde ein riesiger Rasenmäher angelassen. Auf das Dröhnen folgte ein Stottern, dann ein Puckern, noch ein Puckern ... und dann Stille. Dann erwachte der Motor mit einem Explosionsgeräusch wieder zum Leben ... und starb erneut ab. Beim dritten Versuch lief er. Eine der großen Türen der Garage wurde geöffnet und Bill erschien. Er zog die Tür weit auf und legte als Stopper einen Ziegelstein davor. Er machte das Gleiche mit dem anderen Türflügel.

Elvis und ich warfen neugierig einen Blick auf Bills Auto. Allerdings war es gar kein Auto. In der heruntergekommenen, alten Garage stand ein heruntergekommenes, altes Motorrad. Es trug keinen Markennamen und hatte kein Kennzeichen. Dem Aussehen nach zu schließen, war es aus verschiedenen Teilen von anderen, ausrangierten Motorrädern zusammengeschweißt worden. An einer Seite war ein merkwürdig aussehender Beiwagen angebracht. Ich brauchte eine Weile, um zu erkennen, dass er aus der Wanne einer Schubkarre gemacht worden war.

Das verrückte Gerät war in einem dunklen Khaki-Ton lackiert. Als Bill damit auf die Straße kurvte, konnte ich die Pinselstriche in der Farbe sehen.

»Na, wie findet ihr es, Jungs?«, fragte Bill, als er neben uns einscherte. Wir starrten das verrückte Motorrad mit offenen Mündern an. Bill wartete und deutete unsere Sprachlosigkeit falsch. »Ganz schön coole Maschine, was? Ich habe sie zu einem irre günstigen Preis gekriegt. Und zwar im –«

»Internet«, beendeten wir den Satz für ihn.

Wir informierten Bill von unserer Planänderung. Nach einem kurzen Umweg zu Elvis' Haus würden wir ihn an der Straße treffen, die zum Nationalpark führt. Da wir nicht genau wussten, wo seine alte Farm lag, würden wir am Straßenrand warten und nach dem Motorrad Ausschau halten. Wir vereinbarten, dass wir uns in eineinhalb Stunden treffen würden.

»Kein Problem«, sagte Bill, zog sich einen Pilotenhelm aus rissigem Leder über und setzte eine passende Fliegerbrille auf. »Ich habe schon lange auf einen Anlass für eine Spritztour mit diesem Baby gewartet. Ich hole die Maschine normalerweise nur für besondere Anlässe raus. Das Benzin ist viel zu teuer.« Er salutierte und fuhr dröhnend davon, eine blaue Rauchwolke hinter sich herziehend.

Elvis und ich warteten, bis sich der Qualm verzogen hatte, dann machten wir uns auf den Weg zu Elvis, versteckten unsere Räder in einer Seitenstraße und gingen, um so wenig wie möglich aufzufallen, die letzten paar Häuserblocks zu Fuß. Das Haus lag völlig ruhig da. Es war niemand zu Hause. Elvis sauste ins Bad. Als er wiederkam, verrieb er eine weiße Creme auf seinem Arm und seufzte glücklich. Wir plünderten den Kühlschrank und machten uns ein paar Käsesandwichs. Ein Blick auf die Uhr sagte mir, dass wir noch etwas Zeit totzuschlagen hatten.

»Wir könnten die Aufzeichnungen auf meiner Festplatte durchsehen. Vielleicht hat deine Oma dem Kommandanten meine schlechten Nachrichten über die globale Erwärmung weitergegeben«, schlug Elvis vor. »Dann kommen sie womöglich doch nicht hierher.«

»Gute Idee.«

Elvis fuhr seinen Rechner hoch und durchsuchte die Festplatte. Wir hatten Glück. Es gab eine Aufzeichnung und sie war erst wenige Minuten alt. Er drückte auf »Play« und auf dem Bildschirm ploppte ein neues Fenster auf.

Oma war wieder in ihrem Wohnzimmer und schaltete ihr Equipment an.

»Spul vor zu der Stelle, wo sie sendet«, sagte ich.

Elvis sprang bis zu dem Moment, wo der außerirdische Kommandant auf Omas Fernseher erschien.

»Xylon, warum nimmst du vor der vereinbarten Zeit Kontakt zu mir auf?«, wollte der Kommandant wissen. »Ich hoffe, du willst berichten, dass du das Gerät gefunden hast.«

»Noch nicht, Kommandant, aber es wird nicht mehr lange dauern. Ich habe eine wichtige Neuigkeit.«

»Was für eine?«, fragte der Kommandant.

»Eins der Menschenkinder erwähnte, dass der Planet Erde sich erwärmt. Ich habe recherchiert und es stellte sich als wahr heraus. Die Menschen haben auf diesem Planeten einen nicht umkehrbaren Erwärmungsprozess in Gang gesetzt.«

Elvis stieß mich an. »Siehst du?«, flüsterte er und brüstete sich wie ein Pfau. »Es hat funktioniert.«

»Das ist wirklich eine sehr gute Nachricht«, sagte der Kommandant.

»Was?«, rief Elvis und sank in sich zusammen. Er spulte ein Stück zurück.

»Das ist wirklich eine sehr gute Nachricht«, sagte der Kommandant in der Wiederholung. »Wie lange wird es dauern, bis das Klima für unsere Spezies geeignet ist?«

»Das spielt keine Rolle«, erwiderte Oma.

»Ich werde dem Obersten Rat diese großartige Information weitergeben. Die endgültige Entscheidung muss innerhalb des nächsten Erdentags getroffen werden, und ich bin zuversichtlich, dass sie sich nun für die Erde entscheiden werden. Wir müssen mit den Vorbereitungen für die Invasion beginnen. Du hast gute Arbeit geleistet, Xylon, aber falls es dir nicht gelingt, das Gerät wiederzubeschaffen, sind all deine Bemühungen umsonst gewesen.«

Die Verbindung wurde beendet. Elvis schaltete hastig aus.

»Na, das lief ja erstklassig«, motzte ich stinksauer.

»Woher hätte ich denn wissen sollen, dass sie Hitze mögen?«, fragte Elvis.

»Weil sie Echsen sind!«, antwortete ich. »Die leben in heißen Regionen. Ist doch sonnenklar.«

»Nein, das ist es nicht. Sie sind Außerirdische, die ein wenig wie Echsen aussehen, aber das ist nicht dasselbe. Wie viele sprechende Echsen kennst du?«

Elvis sah so niedergeschlagen aus, dass ich ihm nicht länger böse sein konnte. Sonst war ich immer derjenige, der Mist baute, aber ich war noch nie in der Situation gewesen, dass die ganze menschliche Rasse zerstört werden sollte, nur weil ich Unfug gemacht hatte.

»Ich schätze, sie hätten die Erde sowieso überfallen«, sagte ich, um ihn aufzumuntern. »Denn wir sehen offensichtlich viel besser aus als die Pathenonianer.«

KAPITEL 18

Die Mittagssonne schien gleißend, als wir zu unserem Treffpunkt mit Bill radelten. Da wir länger als geplant bei Elvis geblieben waren, mussten wir Zeit gutmachen, als wir zu Bills alter Farm strampelten. Bis ich Bills Motorrad endlich an einem Zaun am Straßenrand entdeckte, brannten meine Augen vom Schweiß, der mir die Stirn heruntergelaufen war, und meine Ohren schmerzten, weil Elvis mir den ganzen Weg über etwas vorgejammert hatte.

Wir scherten neben Bills Motorrad ein und ließen die Räder am Straßenrand ins Gras fallen. Elvis purzelte rückwärts ins Gras und blieb reglos liegen. Wenigstens hielt er jetzt endlich die Klappe. Ich beschattete meine Augen mit der Hand und sah mich im grellen Sonnenschein nach Bill um. Wir waren umgeben von ruhigem, hügeligem, grasbewachsenem Ackerland und von Stille.

Keine Menschenseele war zu sehen. Bills zerbeulter alter

Helm und seine Pilotenbrille lagen auf dem Motorradsitz, als wäre er einfach weggeschmolzen, während er darauf gesessen hatte, und hätte nur seinen Kopfschmuck zurückgelassen. Mich schauderte bei dem Gedanken, der mich auf seltsame Weise beunruhigte. Plötzlich spürte ich, dass jemand hinter mir stand. Ich versuchte zu schlucken, aber mein Mund war trockener als die Wüste Gobi. Ich fuhr herum, um zu sehen, was mich von hinten belauerte.

Auf dem Feld auf der anderen Straßenseite stand reglos eine Kuh und starrte mich ausdruckslos an. Wir beäugten uns einen Moment lang.

»Was starrst du so?«, fragte ich laut. Das Gras raschelte, und Elvis hob kurz den Kopf, um zu sehen, was los war. Die Kuh sah mich noch etwas länger an, dann zuckte sie mit dem Schwanz und wandte sich wieder den trockenen Halmen zu. Reiß dich zusammen, mahnte ich mich.

Ich suchte das Motorrad rasch nach einem Hinweis ab, wohin Bill verschwunden sein konnte, und lehnte mich über den Beiwagen, um zu sehen, ob darin etwas lag. Als meine Hand das Metall auf der Außenseite berührte, zog ich sie hastig zurück, denn die Sonne hatte es aufgeheizt wie eine Bratpfanne. Ich wischte mir den Schweiß von der Stirn. Die Tropfen trockneten an meinen Fingern, noch bevor ich sie abschütteln konnte. Ich sah mich noch einmal um, aber ich konnte keine Spur von Bill entdecken. Während ich überlegte, was wir machen sollten, trat ich ungeduldig gegen das Rad des Beiwagens.

Elvis lag immer noch kraftlos auf dem Rücken im Gras und hatte zum Schutz vor der Sonne einen Arm über die Augen gelegt.

»Na, komm schon«, sagte ich und stupste ihn mit dem Fuß an.

Elvis bewegte den Arm und sah mich mit zusammengekniffenen Augen an. »Wo wollen wir hingehen? Sollten wir nicht hier auf Bill warten?«

»Nein, Bill möchte bestimmt, dass wir ihm folgen. Er hat direkt an dieser Weide geparkt, um uns zu zeigen, wohin wir gehen sollen. Diese Weide«, sagte ich und deutete auf das Feld neben uns, »senkt sich am Ende etwas ab, danach kommt ein kleiner Hügel. Ich wette, sobald wir auf dem Hügel stehen, sehen wir Bill.«

»Na gut, wenn du dir sicher bist.« Elvis erhob sich benommen.

Ich duckte mich zwischen den unteren Drähten des Zauns hindurch auf das Feld und drehte mich um, um zu sehen, ob Elvis mir folgte. »Pass auf, es ist ein –«

»Autsch!« Elvis dünne Haut zuckte unter einem Stromstoß.

»– Elektrozaun«, beendete ich den Satz lahm.

Elvis zog seine Hand von dem unter Spannung stehenden oberen Draht des Zauns weg, pustete sich auf die Finger und schüttelte sie. »Das ist mit Abstand der schlimmste Tag meines Lebens«, schnaubte er, während er sich äußerst vorsichtig durch die unteren Drähte arbeitete. »Was ist das denn für ein Farmer, der eine leere Weide mit einem Elektrozaun schützt?«

Ich zuckte die Schultern. Für mich war es klar, dass der Farmer einfach vergessen hatte, den Zaun abzuschalten, aber ich sagte es nicht, denn ich war sicher, dass Elvis gar keine Antwort erwartete.

Elvis trottete neben mir her, als wir das Feld überquerten, und zählte an den Fingern ab, was ihm heute alles an schlimmen Sachen passiert war. »Zuerst hast du in der Bäckerei mein ganzes Geld ausgegeben, dann wurde mein gefüllter Donut gestohlen, dann werde ich mit diesem widerlichen Anti-Alien-Spray eingesprüht, muss beinahe kotzen und bekomme einen allergischen Ausschlag. Mein genialer Plan geht nach hinten los und jetzt wollen die Aliens die Erde erst recht überfallen. Ich bin erschöpft, überhitzt und dehydriert, weil ich heute mehr Kilometer auf dem Rad zurückgelegt habe, als die komplette Tour de France lang ist. Und um allem die Krone aufzusetzen, kriege ich von einem Elektrozaun eine verpasst – hey, das ist aber eine große Kuh – und meine Finger kribbeln immer noch so seltsam.«

Irgendwo in der Mitte von Elvis' Gejammer hatte ich mich ausgeklinkt. Er war so damit beschäftigt, sein Pech an seinen kribbelnden Fingern abzuzählen, dass er nicht darauf achtete, wo er hintrat. Ich hatte ihn bereits um ein Kaninchenloch, einen großen Kuhfladen und einen gewaltigen Distelstrauch herumbugsiert. Es dauerte einen Augenblick, bis mir klar wurde, dass er etwas Seltsames gesagt hatte.

»Was hast du gesagt?«

»Dass meine Finger immer noch kribbeln.«

»Nein, davor.«

»Ähm ... das ist aber eine große Kuh?«

»Ja, das«, sagte ich und sah mich nach der Kuh um.

Etwa hundert Meter vor uns sah ich sie in einer Senke stehen, die von der Straße aus nicht zu sehen gewesen war.

Allerdings war es keine große Kuh.

Es war ein riesiger Bulle.

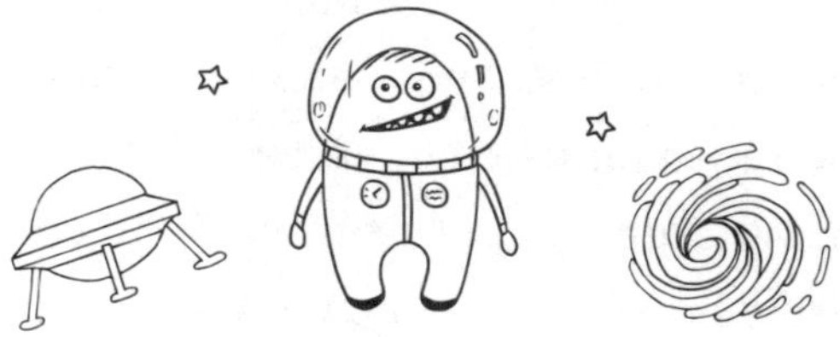

KAPITEL 19

Genau in dem Moment, als ich den Bullen sah, entdeckte auch der Bulle Elvis und mich. Er hob seinen kräftigen Kopf und stierte uns finster an. Obwohl es brütend heiß war, dampften seine geblähten Nüstern.

Elvis und ich erstarrten und glotzten den Bullen an.

»Das ist keine Kuh, oder?«, flüsterte Elvis.

Ich schüttelte den Kopf. Der Bulle schnaubte.

»Er sieht wütend aus.« Elvis klang panisch. »Sollen wir wegrennen?«

Ich warf Elvis einen Seitenblick zu. Sein Unglückstag war noch nicht vorbei. Wie ging noch mal diese alte Redewendung? »Wie ein rotes Tuch für einen Stier.« Elvis hatte sich den ungünstigsten Tag ausgesucht, um ein rotes Poloshirt zu tragen.

»Nein«, flüsterte ich. »Du musst das rote Shirt ausziehen. Aber ganz langsam und vorsichtig.«

Elvis nickte. Ich behielt den Bullen im Auge und hielt Elvis' Rucksack fest, während er die Gurte hinunterschob. Ich hielt den Rucksack weiter, während Elvis sich aus seinem Shirt wand und es auf den Boden fallen ließ. Seine magere, weiße Brust glänzte in der grellen Sonne.

Der Bulle scharrte am Boden und schnaubte erneut.

»Vielleicht hat er Hunger. In meinem Rucksack ist ein Sandwich. Wirf es ihm zu.«

»Das ist doch kein Hund, Elvis«, presste ich zwischen zusammengekniffenen Lippen hervor. »Es wäre besser, wir würden ganz vorsichtig und langsam rückwärts gehen.«

Der Bulle senkte den Kopf.

Ich ging ein paar Schritte zurück, behielt den Bullen dabei aber fest im Auge. Ich hatte im Fernsehen genug Rodeos gesehen, um zu wissen, dass man den Hörnern ausweichen musste, wenn ein Bulle angriff. Das war die einzige Chance. Aber ich wollte es nicht darauf ankommen lassen und lieber einen möglichst großen Abstand zwischen den Bullen und mich bringen. Plötzlich blieb ich mit dem Fuß an etwas hängen.

Ich war gegen Elvis gestoßen, der sich hinter mir versteckt hatte. Ich verlor das Gleichgewicht und hielt mich im Fallen an meinem Freund fest, um nicht auf dem Boden zu landen. Doch stattdessen zog ich ihn mit mir und wir fielen gemeinsam hin.

Der Bulle machte ein paar Schritte vorwärts.

»Wirf das Sandwich«, bettelte Elvis, als wir uns entwirrten und wieder auf die Beine kamen.

Da ich keine bessere Idee hatte und die Sache ohnehin nicht mehr schlimmer werden konnte, zog ich den Reißverschluss seines Rucksacks auf, griff hinein und suchte mit der Hand nach dem Sandwich. Vielleicht würde es ihn ja ablenken.

Der Bulle griff an.

Er donnerte über die Weide auf uns zu und brachte dabei den Boden zum Beben. Ich riss meine Hand aus dem Rucksack. Dabei schlossen sich meine Finger um etwas Kaltes, Hartes: den Alienator!

Der Bulle kam in aberwitzigem Tempo näher.

Spontan beschloss ich, den Alienator nach dem Bullen zu werfen, um ihn lang genug abzulenken, bis Elvis und ich uns in Sicherheit gebracht hatten.

Ich zielte.

Der Alienator zielte ebenfalls.

Ich schwöre, dass ich die Kerben nicht absichtlich berührt habe, aber das Ding erwachte in meiner Hand zum Leben, als hätte es einen eigenen Willen. Vielleicht hatte es den. *Woher hätte ich das denn wissen sollen?*

Ein gelber Lichtstrahl schoss aus dem einen Ende des Alienators, genau wie davor, als ich damit auf Oma gezielt hatte. Das gelbe Licht traf den Bullen, der daraufhin wie angewurzelt stehen blieb. Eine Buslänge von uns entfernt war er mitten im Lauf erstarrt. Durch gelbe Nebelschlieren sah ich einen riesigen Schleimtropfen aus einem seiner Nasenlöcher auf den Boden platschen.

»Ich glaube, wir sollten jetzt davonrennen«, sagte Elvis irgendwo hinter mir.

»Ich kann nicht«, erwiderte ich, denn ich konnte im wahrsten Sinne des Wortes nicht. Der Alienator und der Bulle wurden von einer machtvollen Kraft in dem gelben Licht an Ort und Stelle gehalten, und meine Hand fühlte sich an, als wäre sie an dem glänzenden Metall des Alienators festgeklebt. Ich konnte mich nicht rühren.

»Macht es dir etwas aus, wenn ich abhaue?«, fragte Elvis.

»Und ob«, knurrte ich. »Komm sofort wieder her.«

Elvis schob sich wieder neben mich.

»Das ist der Augenblick, in dem der Bulle von einem Alien in Besitz genommen wird«, sagte ich mit Kennermiene.

Wir sahen zu, wie das gelbe Licht sich ausdehnte, bis es den Bullen komplett einhüllte.

»Gleich wird er gelbe Bläschen bekommen, die nacheinander aufplatzen, während der Alien sich seines Körpers bemächtigt. Wenn alle Bläschen geplatzt sind, ist der Vorgang beendet. Danach sollte ich mich wieder bewegen können«, erklärte ich fachmännisch. »Und dann können wir wegrennen.«

Nur lief es nicht so ab. Es erschienen keine Bläschen. Durch die gelben Schlieren sah es aus, als würde der Bulle sich verdoppeln. Ein zweiter Bulle schwebte aus dem ersten heraus. Ich blinzelte, denn ich hielt es für eine optische

Täuschung, aber der zweite Bulle blieb da, wenn auch ganz schwach und durchsichtig. Er schwebte empor wie ein Geist, bis es aussah, als stünde er auf dem anderen, wobei sie sich leicht überlappten.

Plötzlich gab es ein scharfes Sauggeräusch. Der gelbe Nebel und der Geisterbulle verschwanden und der gelbe Lichtstrahl wurde in den Alienator zurückgesaugt. Ich war zu geschockt, um wegzulaufen. Der Bulle stand immer noch wie im Lauf erstarrt vor uns auf dem Feld. Als das Licht verschwunden war, fiel der Bulle zur Seite und landete als riesiger Haufen im Gras.

»Was ist gerade passiert?«, fragte Elvis mit zitternder Stimme.

Ich sah auf den Alienator hinunter und zuckte die Schultern. Mein Finger lag auf der linken Kerbe. Als ich Oma in Xylon verwandelt hatte, hatte ich in die andere Kerbe gedrückt. Ich zog den Finger weg.

Was war eben passiert? War der Alienator zugleich eine Art Waffe? Ich sah den Bullen an, der leblos im Gras lag, und mich schauderte.

»Ist er tot?«, erkundigte sich Elvis.

»Ich bin sicher, dass er nicht nur ein Nickerchen macht.«

Wir näherten ihm uns vorsichtig.

»Sollen wir seinen Puls messen?«, schlug Elvis vor.

Ich ging neben dem Bullen in die Hocke und legte eine Hand auf seine riesige Brust. Mir war gar nicht wohl dabei. Außerdem hatte ich keine Ahnung, wo man den Puls eines

Bullen messen konnte. Unter meiner Hand fühlte ich, wie sich der Brustkorb bewegte. Es war nur ein winziges Auf und Ab. Aber er atmete.

»Er lebt«, sagte ich. »Ich glaube, ich habe ihn nur betäubt.«

Elvis erblasste. »Können wir jetzt endlich weglaufen?«

Ich war bereits aufgesprungen und losgespurtet, als ich »Ja!« schrie.

Ich sprintete den ganzen Weg zurück, warf mich durch den Zaun und ließ mich keuchend auf den Boden fallen. Als ich mich umsah, stellte ich verblüfft fest, dass Elvis wieder zu dem Bullen zurücklief. Rasch hob er sein rotes Shirt auf, drehte sich um und hastete auf den Zaun zu. Seine Arme flatterten so wild wie die Flügel einer startenden Möwe.

Ich hörte Kies knirschen und drehte mich um. Bill kam über die Straße in meine Richtung. Offensichtlich war er überhaupt nicht auf dem Feld gewesen.

»Was in aller Welt macht ihr zwei?«, fragte Bill, als Elvis unter dem Draht durchtauchte. »Vorhin war ein Bulle auf dieser Weide. Wollt ihr euch umbringen?«

Bill kniff die Augen zusammen und sah zur Wiese. Der reglose Bulle lag genau in seinem Blickfeld. »Das ist seltsam«, sagte Bill, als er den mächtigen Körper erblickte. Verwirrt schüttelte er den Kopf. »Es ist ungewöhnlich, einen Bullen so herumliegen zu sehen. Er muss krank sein, sonst hätte er euch in den Erdboden gestampft. Ihr hattet mehr Glück als Verstand.«

»Das kann man wohl sagen«, erwiderte Elvis und streifte sein Shirt wieder über. Die gnadenlos brennende Sonne hatte seine Haut bereits rosa gefärbt.

»Wo waren Sie?«, fragte ich Bill.

»Ich musste mal kurz«, antwortete er und zeigte in genau die entgegengesetzte Richtung, die wir gerade eingeschlagen hatten. »Meine alte Farm ist auf der anderen Seite der Straße. Kommt mit, dann zeige ich euch genau, wo ich das Raumschiff gesehen habe.«

Bill überquerte die Straße. Bevor ich ihm folgte, warf ich noch einmal einen Blick auf den Bullen. »Seltsam, dass er sich immer noch nicht bewegt«, sagte ich leise zu Elvis.

»Ich glaube, dass du ihn nicht einfach nur betäubt hast«, sagte Elvis. »Es sah aus, als hätte die gelbe Wolke ihm regelrecht den Geist ausgesaugt und in den Alienator hineingezogen. Hast du den Geisterbullen gesehen, der aus seinem Körper gestiegen ist? Das war gruselig.«

Ich dachte über Elvis' Bemerkung nach und fand, dass sie sich vernünftig anhörte. Mum sagt immer: »Was hoch geht, muss auch wieder runterkommen«, obwohl mir dazu sofort ein paar Ausnahmen einfallen. Zum Beispiel der Fußball, den ich auf das Dach von Mrs Godfreys Haus gekickt habe. Sie hat sich geweigert, ihn wieder herunterzuholen. Und was ist mit dem ganzen Weltraumschrott, der die Erde umkreist?

Bei der Sache mit dem Alienator hieß es wohl eher: »Was rauskommt, muss auch wieder rein.« Wenn die Kerbe auf der rechten Seite dazu diente, einen Geist aus etwas herauszusaugen – oder eine Seele oder eine Essenz oder wie auch immer man das nennt, was ein Lebewesen zu dem macht, was es ist –, dann diente die linke Kerbe offenbar dazu, diesen Geist wieder auszuspucken und ihn in einen anderen Körper zu implantieren.

Jetzt war ich mir sicher, dass ich wusste, wie der Alienator funktionierte. »Du bist ein Genie«, sagte ich und schlug Elvis auf den sonnenverbrannten Rücken. Er zuckte zusammen und lächelte.

KAPITEL 20

Als wir Bill über das Feld zu seiner alten Farm folgten, dachte ich über meine neue Entdeckung nach. Die Lösung für unser Problem erschien mir so einfach, dass ich die Aktion am liebsten abgebrochen hätte. Wir mussten schließlich bloß Oma finden und mit der rechten Kerbe des Alienators diesen grässlichen Alien direkt aus ihr heraussaugen. Das einzige Problem dabei war, dass Oma verzweifelt nach dem Alienator suchte und wusste, dass ich ihn hatte.

Bill kletterte über einen Zaun auf eine leere Weide und sah sich um. Bevor wir uns zu ihm gesellten, versicherten Elvis und ich uns lieber dreimal, dass dort keine feindlich gesinnten Huftiere herumstanden. Doch um uns herum gab es nur Felder mit friedlich grasenden Kühen oder es wuchs Mais oder anderes Getreide. Weit weg im Osten lag Pinehaven. Die Randbebauung ergoss sich in die ländliche

Umgebung wie ein Ölteppich. Im Westen ragte über einem fernen Waldstreifen Mount Collis auf, ein kleiner, erloschener Vulkan im Nationalpark und zugleich die höchste Erhebung in der Landschaft.

Bill ging ein paar Schritte auf die Weide und blieb dann abrupt stehen. »Genau hier«, sagte er bestimmt. »Hier habe ich es gesehen.«

Elvis und ich stellten uns neben ihn. Bill wandte sich in die Richtung, in der Pinehaven lag, und deutete etwa in der Mitte des Zauns, der auf der östlichen Seite des Felds von Norden nach Süden verlief, in die Luft. »Genau dort kam es aus den Wolken. Flughöhe: einhundertfünfzig Meter. Es flog direkt über diese Weide in westlicher Richtung.« Bill fuhr mit einem Finger die Flugbahn des Raumschiffs nach.

»Woher wissen Sie die Höhe?«, fragte Elvis skeptisch.

»Weil ich in der Air Force war, mein Junge«, sagte Bill. »Damals, in der guten alten Zeit, als man mit achtzehn noch seinen Militärdienst geleistet hat. Im Jahr vor der Sichtung hatte ich meinen Dienst gerade abgeschlossen.«

»Hey, das ist cool. Waren Sie Kampfpilot?«, fragte ich. Ich hatte nie zuvor einen Kampfpiloten kennengelernt.

»Nein«, sagte Bill, »aber ich hatte eine wichtige Aufgabe. Ich war Marshall.«

»Großartig«, sagte ich. Ich hatte Marshalls im Fernsehen gesehen. »Sie haben undercover gearbeitet und Flugzeugentführungen verhindert, nicht wahr? Haben Sie auch Terroristen gefangen?«

»Gab es damals überhaupt schon Terroristen?«, fragte Elvis dazwischen.

»Nein, meine Aufgabe bestand darin, die Piloten und das Flugzeug auf dem Boden zu beschützen«, erwiderte Bill stolz.

»Und wie haben Sie das gemacht?«, fragte ich verwirrt.

»Ich habe Flugzeuge zur Landebahn und wieder zurück dirigiert und dafür gesorgt, dass sie am vorgesehenen Platz geparkt wurden.«

»Oh«, sagte ich und versuchte, meine Enttäuschung zu verbergen. Bill hatte überhaupt keinen glamourösen oder gefährlichen Job gemacht. Er war mehr so eine Art Einpark-Assistent für Flugzeuge gewesen.

Bill fuhr fort: »Jedenfalls habe ich bei der Air Force gelernt, wie man die Höhe eines Flugzeugs einschätzt. Das gehörte zu meiner Ausbildung. Als das Raumschiff den Zaun dort hinten überflog ...«, er deutete zum anderen Ende des Felds, »... da hatte es gut zehn Meter an Höhe verloren. Es folgte weiter seiner Flugbahn, bis es aus meinem Sichtfeld verschwand.«

Elvis kniete sich ins Gras und nahm seinen Rucksack ab. Aus der Vordertasche zog er unsere Karte und breitete sie vor sich auf dem Boden aus. Dann nahm er einen Stift und begann, an den Rand der Karte irgendwelche Berechnungen zu kritzeln.

»Was machst –?«, wollte ich fragen.

Elvis hob die Hand, um mir zu bedeuten, dass ich

schweigen sollte. Bill und ich hielten die Klappe und beobachteten ihn. Als er fertig gekritzelt hatte, maß Elvis mit den Fingern etwas vom Maßstab am Rand der Karte ab und bestimmte so einen Ort auf der Karte.

»Aha!«, sagte er schließlich und deutete mit dem Finger auf eine bestimmte Stelle. »Laut meinen Berechnungen anhand der beobachteten Flugbahn des Raumschiffs über diesem Feld muss es genau an diesem Ort gelandet sein.«

Gespannt hockte ich mich neben die Karte. Elvis nahm den Finger weg, damit ich sehen konnte, auf welche Stelle er gezeigt hatte.

»Das ist unmöglich«, sagte ich. Die Aufregung, die ich ein paar Sekunden zuvor noch verspürt hatte, verschwand schneller als ein Schokoladenkuchen auf einer Geburtstagsparty. Der Ort, den Elvis markiert hatte, war der nahe gelegene Nationalpark, der sich von der Nordseite des Sees bis zum Vulkan erstreckte. Ich kannte die Gegend gut. Dad und ich gingen dort manchmal angeln. Zumindest hatten wir das getan, bevor er mit seiner Arbeit zu beschäftigt gewesen war. Ich konnte mich nicht erinnern, dort jemals etwas gesehen zu haben, das im Entferntesten einem Raumschiff ähnelte, selbst wenn es getarnt war.

»Tut mir leid, Junge«, sagte Bill, der ebenfalls die Karte ansah. »Genau das habe ich auch gedacht, aber ich habe die Gegend abgesucht und es ist bestimmt nicht dort.«

»Wir müssen einen Fehlerspielraum einkalkulieren«, sagte Elvis. »Wenn die Flughöhe oder die Flugbahn, die Sie mir genannt haben, nicht genau stimmen, dann liegt meine Berechnung daneben. Aber wenn wir annehmen, dass sie einigermaßen richtig sind, dann wird das Schiff irgendwo in der Nähe dieses Punkts zu finden sein.« Er stieß mit dem Finger wieder auf die Karte.

»Der Ort liegt nur ein paar Kilometer entfernt. Wir könnten uns gleich umsehen«, schlug ich vor und kam auf die Beine.

»Einen Augenblick«, sagte Bill. »Ich habe euch gerade gesagt, wo ich das Raumschiff gesehen habe. Ihr habt mir vorhin erzählt, dass ihr etwas gefunden habt, das das Schiff verloren hatte. Wenn ihr es dabeihabt, möchte ich es jetzt sehen.«

Elvis und ich wechselten einen Blick. Ich nickte Elvis zu. Er öffnete den Rucksack und ließ den Alienator vorsichtig auf die Karte gleiten. Die Sonne wurde von dem hellen Metall in gleißenden Lichtflecken reflektiert. Bill kniete sich langsam und mit steifen Knien auf den Boden und starrte auf den Alienator.

»Wieso meint ihr, dass das Ding aus dem Raumschiff stammt?«, fragte er, nachdem er es eine Weile gründlich studiert hatte.

Elvis und ich wechselten erneut einen Blick. Ich schüttelte den Kopf ganz leicht, damit nur Elvis es sah. Ich wollte nicht, dass Bill über meine Oma und die Invasion Bescheid wusste. Er würde womöglich irgendetwas Verrücktes machen.

Elvis nickte und ließ mich damit wissen, dass er verstand. Doch wir mussten Bill eine Antwort geben. Eine peinliche Stille entstand. Ich räusperte mich und sah Elvis an.

»Also gut«, sagte Elvis, der meinen Wink verstanden hatte. »Zunächst habe ich die Eigenschaften des Metalls, aus dem der Gegenstand besteht, ausgiebig getestet und konnte es mit keinem auf der Erde bekannten Metall in Übereinstimmung bringen. Ipso facto ist es außerirdisch.«

Ipso facto? Also im Ernst jetzt, war Elvis' Eltern klar, welchen Schaden der Sonderunterricht bei Elvis anrichtete? In ein paar Jahren würden nur noch Universitätsprofessoren mit Elvis kommunizieren können.

»Zweitens habe ich nie etwas Vergleichbares gesehen«, fuhr Elvis fort.

»Das stimmt«, sagte Bill, der sich weiter vorbeugte, um den Alienator aus verschiedenen Blickwinkeln zu betrachten. »Ich habe auch noch nie etwas Derartiges gesehen.«

»Und zuletzt kommt noch ins Spiel, dass er direkt unter der Fluglinie Ihres Raumschiffs gefunden wurde.« Elvis streckte einen Arm aus und verfolgte mit einem Finger die Fluglinie so wie Bill vorhin, nur in die entgegengesetzte Richtung und immer weiter in direkter Linie bis nach Pinehaven, bis zu meinem Haus und der Stelle, wo ich den Alienator gefunden hatte. Von hier sah es so aus, als wäre das Raumschiff in einer geraden Linie über mein Haus geflogen, über Bills Feld und dann immer weiter, bis es irgendwo im Park gelandet war.

»Es gibt noch einen weiteren Grund«, fügte ich hinzu und erklärte, dass wir ungefähr rekonstruiert hatten, wann es in meinem Garten vergraben worden sein musste.

»Nun«, sagte Bill. Er hatte sich, während er uns zuhörte, die ganze Zeit das Kinn gerieben. Jetzt lächelte er breit, was dazu führte, dass seine Gesichtsfalten so tief wie Schluchten wurden. »Da ist er also, nach all den Jahren – ein echter Beweis, dass die Aliens hier waren.« Er wollte den Alienator aufheben.

»NEIN!«, schrien Elvis und ich im Chor.

Bills Hand erstarrte mitten in der Bewegung. »Was ist los?«

Elvis antwortete: »Er könnte mit einem Alienvirus kontaminiert sein.«

Gleichzeitig sprudelte ich heraus: »Wir wissen nicht, wofür er gut ist.«

»Das stimmt«, sagte Elvis. »Wir wissen nicht, wofür er gut ist *oder* ob er mit einem Alienvirus kontaminiert ist.«

Bill zog die Hand zurück, ballte sie zu einer Faust und schlug sich mit dem Handballen auf die Stirn. »Wie dumm von mir!«, stöhnte er. »Da sehe ich zum ersten Mal einen außerirdischen Gegenstand und verliere gleich den Kopf und vergesse alles, was ich gelernt habe. Ich habe uns alle in Gefahr gebracht.« Er schlug sich noch einmal gegen die Stirn. »Ich habe es nicht verdient, mich als geprüften Alienjäger zu bezeichnen.«

»Seien Sie nicht so streng mit sich selbst«, sagte Elvis, zog ein Taschentuch aus seiner Hosentasche, hob damit den Alienator auf und steckte ihn in den Rucksack zurück. »Wir vergessen alle hin und wieder etwas, das wir gelernt haben.«

Elvis faltete die Karte zusammen und wir gingen zur Straße zurück. Ich konnte es nicht abwarten, zum Park zu fahren und nach dem Raumschiff zu suchen, aber Bill hatte andere Ideen. »Was werdet ihr Jungs mit dem Ding machen?«, fragte er.

»Wir sind uns noch nicht sicher«, antwortete ich, obwohl das nur zum Teil stimmte.

»Dann werde ich es euch sagen. Wir bringen es auf der Stelle zu Polizeichef Roberts. Ich warne ihn seit Jahren davor, dass dem Ort eine Invasion der Außerirdischen droht. Jetzt wird er endlich gezwungen sein, mich ernst zu nehmen.«

Dem Polizeichef den Alienator auszuhändigen, war das Letzte, was ich tun wollte. Ich brauchte ihn schließlich noch, um den Alien wieder aus meiner Oma herauszusaugen.

»Das ist eine tolle Idee …«, meldete sich Elvis zu Wort. Ich schüttelte so heftig den Kopf, dass ich mein Gehirn darin scheppern hören konnte. Er wusste so gut wie ich, dass wir den Alienator behalten mussten. Elvis ignorierte mein verstörtes Kopfschütteln und fuhr fort: »… aber es ist Freitagnachmittag, und das ist kein geeigneter Zeitpunkt, um mit so etwas zur Polizei zu gehen. Es würde mich überhaupt nicht wundern, wenn der Polizeichef längst im *The Stop Inn* hockt.«

Darüber grinste ich. *The Stop Inn Bar and Grill* ist Polizeichef Roberts' zweites Zuhause.

»Wir bringen das Ding am besten gleich am Montagmorgen zu Roberts«, fuhr Elvis fort. »Jetzt sollten wir schnell nach dem Raumschiff suchen, und falls wir es finden, können wir ihm davon auch gleich berichten.«

Bill dachte kurz darüber nach und nickte schließlich.

Ich zeigte Elvis den hochgereckten Daumen. Dank seines schlauen Einfalls blieben uns ein paar Tage. Genug Zeit, um meine Oma aus Xylons Klauen zu befreien. Und ich wusste, dass Xylon innerhalb von zwei Tagen das Raumschiff finden und das Wurmloch öffnen musste, ansonsten würde die Invasion nicht stattfinden können.

Ich dachte, wir hätten überhaupt kein Problem.

Ich irrte mich gewaltig.

KAPITEL 21

Der Park lag etwas weniger als sechs Kilometer von Bills alter Farm entfernt. Bill fuhr mit dem Motorrad voraus und versprach, auf dem Parkplatz auf uns zu warten. Wir strampelten gut gelaunt hin und schmiedeten zuversichtlich einen Plan, wie wir uns am nächsten Tag an Oma anschleichen und Xylon aus ihrem Körper saugen würden. Wir rechneten nicht mit Schwierigkeiten. Wie schwer konnte es schon sein, sich an eine alte Dame anzuschleichen, deren Seh- und Hörvermögen bereits deutliche Verfallserscheinungen zeigten?

Die Sonne stach unerbittlich auf uns herab, und ich ärgerte mich, dass ich meine Badehose nicht dabeihatte. Es war der perfekte Tag für eine Abkühlung im See.

Als wir am Parkplatz ankamen, hing eine dicke, blaue Abgaswolke in der Luft, die aus dem Auspuff von Bills Motorrad stammte. Eine Gruppe von Wanderern packte gerade ihre Sachen ins Auto, um aufzubrechen. Sie beschwerten sich lautstark über gedankenlose Umweltverschmutzer und taten so, als müssten sie husten. Sie warfen Bill abschätzige Blicke zu, doch er hatte jahrelang als Außenseiter in unserer Stadt gelebt und war abgehärtet. Entweder er bemerkte sie nicht oder es kümmerte ihn nicht.

Bill winkte Elvis und mir stürmisch zu, woraufhin die Wanderer uns ebenfalls kritisch musterten. Wir scherten neben ihm im Schatten der Kiefern am Rand des Parkplatzes ein, stiegen von unseren Rädern und beobachteten, wie die schweigsame Wandergruppe davonfuhr. Jetzt war der Parkplatz leer.

Ich schätzte, dass wir zu Fuß bis zu der Stelle, die Elvis als Landeplatz berechnet hatte, etwa fünfzehn Minuten brauchen würden. Ans Südufer des Sees grenzte ein riesiger Kiefernwald, während das Nordufer leichter zugänglich war, mit felsigen Stellen, die flach ins Wasser ragten. Auf einem Schulausflug haben wir erfahren, dass die Felsen dort hingeschleudert wurden, als der Mount Collis vor Urzeiten mehrfach ausbrach. Ein schmaler Kiesweg führte durch Baumgruppen um den See herum, mal nahe am Wasser, mal weiter weg. Wir steuerten auf eine der felsigen Uferstellen zu.

Unterwegs schwiegen wir ganz in Gedanken versunken. Wir kamen an einer Abzweigung vorbei und passierten den Pfad, der zum Gipfel des Mount Collis führte. Bald darauf gingen wir wieder auf den See zu und traten aus dem Schatten der Bäume ins grelle Sonnenlicht einer felsigen Bucht.

Elvis studierte die Karte, während ich über die Steine zum Wasser kletterte, um mich umzusehen. In der Bucht lagen jede Menge Felsbrocken. Ich wählte einen hüfthohen, abgeflachten Felsen in der Mitte der Bucht aus und kletterte darauf.

Der See glänzte blaugrün in der Nachmittagssonne und eine leichte Brise kräuselte die Wasseroberfläche. Ich starrte über den See und fragte mich, ob das Raumschiff irgendwo in diesem tiefen Nass verschwunden war. Der Kommandant hatte gesagt, das Schiff sei gelandet und hätte ein Ortungssignal gesendet. Mein Instinkt sagte mir, dass es nicht versunken war.

Ich drehte mich um und sah zum schroffen Gipfel des Mount Collis hoch. Ein Stück unterhalb des Gipfels war ein Loch in der Bergwand, das aussah, als hätte ein Riese mit einem gigantischen Eisportionierer ein Stück aus der Wand gehöhlt. Unser Lehrer hatte uns erklärt, dass dieser Teil beim ersten Ausbruch des Vulkans weggesprengt worden war.

Nachdem er sich davon überzeugt hatte, dass wir am richtigen Ort waren, packte Elvis die Karte wieder weg und trat ebenfalls ans Ufer. Er versuchte, ein paar Kieselsteine übers Wasser hüpfen zu lassen, gab aber auf, als keiner davon auch nur ein einziges Mal hüpfte.

Bill lehnte sich gegen einen Felsbrocken. Er beobachtete

mich, während ich mich umsah. »Hier ist nichts«, meinte er. »Ich habe den Park jahrelang abgesucht, bis ich zu alt war, um mich so viel draußen herumzutreiben. Aber ich habe eine Theorie entwickelt.« Bill verstummte und sah mich mit seinen hellblauen Augen eindringlich an. Er erinnerte mich an einen Vogel.

»Und die wäre?«, fragte ich.

»Das Raumschiff ist nicht hier unten. Es ist da oben.« Bill deutete auf den ausgehöhlten Teil des Mount Collis. »Ich schätze, es ist direkt in die Bergflanke gerast und zwischen den losen Gesteinsbrocken stecken geblieben. Der Aufprall hat eine Steinlawine ausgelöst, die das Schiff unter sich begraben hat. Darum konnte ich es nicht finden.«

Ich nickte. Das war eine gute Theorie, die völlig schlüssig klang. Dieser Teil des Bergs war so gefährlich, dass niemand ihn betreten durfte. Wenn Bills Theorie stimmte, dann würde es nicht nur für uns, sondern auch für Oma sehr schwer werden, das Raumschiff zu finden. Ohne das Schiff gab es kein Wurmloch und keine Invasion der Außerirdischen.

Bill starrte mich immer noch eindringlich an, als ob er darauf wartete, dass ich etwas sagte. Mir fiel nur überhaupt nichts ein.

»Möchtest du wissen, wie ich auf die Theorie gekommen bin?«, fragte er schließlich.

»Das wollte ich gerade fragen«, schwindelte ich.

Bill wirkte zufrieden. Dreißig Jahre lang hatte sich niemand für ihn interessiert, darum genoss er nun die Aufmerksamkeit. »Wegen der Beweise«, sagte er geheimnisvoll.

Diesmal wusste ich, was er hören wollte. »Welche Beweise?«

»Ich bin froh, dass du fragst«, sagte Bill. »Sie liegen direkt vor dir.«

Ich hatte langsam genug davon, Bill alles einzeln aus der Nase zu ziehen. »Ich habe keine Ahnung, was Sie meinen, und es wird langsam spät«, sagte ich matt. »Warum zeigen Sie uns die Beweise nicht einfach?«

»Siehst du diesen großen Felsen dort drüben?«, sagte Bill, der meinen mürrischen Ton fröhlich ignorierte. »Als ich jung war, gab es den dort noch nicht. Als das Raumschiff gegen den Berg prallte, muss es diesen Felsen losgeschlagen haben. Dann rollte er vom Berg herunter bis zu dieser Stelle.«

Ich sah in die Richtung, in die Bill deutete. Am unteren Berghang lag ein riesiger Felsblock eingekeilt zwischen den Kiefernbäumen, die wir vor ein paar Minuten auf dem Weg passiert hatten. Ich hatte diesen speziellen Felsbrocken noch nie bemerkt, vermutlich weil um den ganzen See herum so viele davon lagen. Der, auf den Bill zeigte, hatte die Größe einer kleinen Hütte und war von einer Reihe kleinerer Felsbrocken umgeben.

Elvis räusperte sich. Ich brauchte keine Telepathie, um seine Gedanken zu erraten.

Ich sprang von meinem Aussichtspunkt herunter und lief den Weg zurück in Richtung der Kiefernbäume. Elvis und Bill folgten mir. »Hat jemand gesehen, wie der Fels heruntergekracht ist?«, rief ich über die Schulter.

»Nicht, dass ich wüsste«, antwortete Bill. »Es hat in jener Nacht geregnet, wisst ihr. Keine Menschenseele hätte sich hier draußen herumgetrieben.«

Wir näherten uns dem großen Felsblock. Vom felsigen Ufer her kämpften sich dünne Grasbüschel aus dem Boden. Je näher wir dem Brocken kamen, desto mehr Gras wuchs auf dem kargen Grund.

Bill erzählte weiter. »Am Morgen, bevor das Raumschiff auftauchte, kam ich hierher, um ein bisschen zu angeln. Zwischendurch musste ich dem Ruf der Natur folgen, wenn ihr versteht, und dafür habe ich mir diesen Platz hier ausgesucht.« Elvis rümpfte die Nase und schaute sich den Boden um seine Füße genau an, während Bill hinzufügte: »Zu diesem Zeitpunkt war dieser Felsen noch nicht an der Stelle. Aber als ich am nächsten Tag wiederkam, um nach dem Raumschiff zu suchen, lag er hier. Das fiel mir sofort auf. Ich dachte, der Regen hätte einen Erdrutsch verursacht. Erst viele Jahre später wurde mir klar, dass das Raumschiff den Felsen losgeschlagen haben muss.«

Ich umrundete den großen Felsen und studierte ihn aus jedem Blickwinkel. Bill hockte sich auf einen der kleineren Steine in der Nähe und fing an, mit einem Grasstängel in seinen Zähnen herumzustochern.

Auf den ersten Blick sah der Brocken genauso aus wie alle anderen in der Gegend: grau gesprenkelt und rau. Er war rund und unten etwas breiter als oben. Er war etwa zweimal so hoch wie ich, und wenn ich mich auf den Boden gelegt hätte, wäre er drei- oder viermal so lang gewesen wie ich.

Nachdem ich ihn einmal komplett umrundet hatte, ging ich auf die Bill abgewandte Seite, wo Elvis sich zu mir gesellte.

»Ist er es?«, flüsterte ich aufgeregt.

»Er ist es ... er ist es ... ich bin mir ganz sicher«, stammelte Elvis atemlos. Hinter seiner Brille erschienen seine Augen riesig. Er legte sich eine Hand auf die Brust und atmete ein paarmal tief durch, um sich zu beruhigen.

»Bist du dir sicher, dass du dir sicher bist?«, fragte ich, obwohl er das eben gesagt hatte.

Elvis nickte. »Zu neunundneunzig Prozent. Mit dem Felsen stimmt etwas nicht, das steht fest. Ist es dir auch aufgefallen?«

Ich schüttelte den Kopf, darum führte Elvis mich zu einem der kleineren Brocken in der Nähe. Er bückte sich und deutete auf einen Flecken Moos, der auf der Schattenseite wuchs – der Seite, die zum Mount Collis zeigte. »Das ist mir sofort aufgefallen«, sagte Elvis. »Selbst im Sommer findet man auf der Schattenseite eines Felsens Moos – und auf dem großen Felsen ist überhaupt keines zu finden.«

Wir umrundeten den großen Brocken noch einmal und hielten dabei nach Moos Ausschau. Elvis hatte recht, es gab keines.

Mein ganzer Körper bebte, als ich versuchte, meine Aufregung niederzukämpfen. Ich war mir sicher, dass wir das Raumschiff gefunden hatten.

KAPITEL 22

Elvis und ich schlüpften wieder hinter den Felsen.

»Wie enttarnen wir das Schiff?«, fragte ich ihn.

»Ich weiß es nicht. Es wäre die Erfüllung eines Lebenstraums.« Elvis blickte schmerzerfüllt drein. »Aber ich glaube nicht, dass wir es versuchen sollten, zumindest nicht sofort.«

»Machst du Witze?«, fragte ich ungläubig. »Wir haben eine Ewigkeit nach dem Schiff gesucht, und jetzt, wo wir es endlich gefunden haben, willst du so tun, als wäre nichts?«

»Ich weiß, ich weiß ...«, antwortete Elvis und streckte die Arme aus. »Mir gefällt das auch nicht, aber wir müssen logisch denken. Wir wissen nichts über die Technologie der Außerirdischen. Was, wenn wir bei dem Versuch, das Schiff zu enttarnen, versehentlich das Wurmloch öffnen? So kurz vor einer möglichen Invasion dürfen wir kein Risiko eingehen. Zuerst müssen wir uns darauf konzentrieren, Xylon aus deiner Oma rauszuholen und zurück in den Alienator zu verfrachten. Dann, wenn keine Invasion mehr droht, können wir vielleicht …«

Ich dachte eine Minute darüber nach, dann stimmte ich widerstrebend zu.

»Was flüstert ihr Jungs da?«, fragte Bill. Seine Stimme näherte sich und er kam um den Felsen herum.

»Wir diskutieren Ihre Theorie«, erwiderte ich hastig. »Und wir stimmen Ihnen zu. Das Raumschiff steckt garantiert irgendwo da oben im Berg.«

»Es ist die einzig logische Schlussfolgerung«, pflichtete Elvis mir bei.

Bill nickte zufrieden. Ich warf einen Blick auf meine Armbanduhr.

»Wie spät ist es?«, fragte Bill.

»Es ist vier«, antwortete ich.

»Verflixt«, sagte Bill. »Ich bin fast den ganzen Tag weg gewesen. Ich muss sofort nach Hause und die verschlüsselten Nachrichten dekodieren, die ich empfangen habe. Wie wäre es, wenn wir uns am Montag um neun Uhr morgens vor der Polizeistation treffen? Dann können wir Polizeichef Roberts gemeinsam das außerirdische Gerät übergeben.«

»Klar«, willigten wir ein.

Bill fischte in seiner Tasche herum und zog ein paar eselsohrige Visitenkarten hervor. »Da drauf steht die Nummer meines Satellitentelefons. Allermodernste Technik, unbedingt erforderlich für meinen Job. Ihr könnt mich jederzeit erreichen. Ruft mich also auf jeden Fall an, wenn ihr etwas herausfindet ... egal was.«

Ich schaute die knittrige Visitenkarte an, der zufolge Bill der Eigentümer einer Firma namens ÜBERWACHUNG & BEKÄMPFUNG EXTRATERRESTRISCHER LEBENSFORMEN war.

Ich unterdrückte ein Kichern. Die Anfangsbuchstaben der vier Wörter waren in einer riesigen, verschnörkelten Schrift gedruckt, viel größer als die anderen Buchstaben. Als Bill seiner Firma einen Namen gegeben hatte, hatte er sich keine Gedanken über Akronyme gemacht.

Bill machte sich auf den Heimweg und verschwand zwischen den Bäumen.

Elvis und ich blieben zurück. An diesem heißen Nachmittag war der Gedanke an einen Sprung in den See einfach zu verführerisch. Wir mussten ja nichts weiter machen, als Oma von dem Alien zu befreien, aber dafür hatten wir am nächsten Tag schließlich noch genügend Zeit. Wir zogen uns hinter dem Raumschiff-Felsen bis auf die Unterhosen aus und hechteten in den See, wo wir uns im kühlenden Nass treiben ließen. Danach legten wir uns auf ein paar kleinere Felsen in der Nähe des Raumschiffs und nahmen ein Sonnenbad.

Den ersten Hinweis darauf, dass wir nicht alleine waren, gaben uns die Vögel. Ihr eifriges Zwitschern verwandelte sich in eine Salve von Alarmrufen, mit denen sie einen Eindringling ankündigten ... dann verstummten sie urplötzlich, wie eine Klasse schnatternder Kinder, denen der Rektor einen Überraschungsbesuch abstattete. Die Sonne hatte mein Gehirn in einen dösenden Halbschlaf versetzt, darum nahm ich nur ganz am Rande meines Bewusstseins wahr, wie sich der Geräuschpegel veränderte. Doch dann hörte ich einen Zweig knacksen.

Ich rollte von meinem Felsen und drückte mich an Elvis, der ebenfalls in Deckung gegangen war. Wir huschten herum wie Krabben, sammelten unsere Kleidung und den Rucksack ein und versteckten uns lautlos kichernd hinter einem der kleineren Felsbrocken. Es gibt nichts Peinlicheres, als dabei ertappt zu werden, wie man nur in einer Unterhose herumläuft, außer vielleicht von seiner Mum vor dem Schultor geküsst zu werden. Schwer zu sagen, was schlimmer ist.

Vom See her war das Knirschen von Kies zu hören. Ich linste über den Rand des Felsens, um zu sehen, wer der Eindringling war, der da den Weg entlangkam. Am Ufer stand eine Person und beschattete die Augen mit der Hand. Mit der anderen Hand umklammerte sie einen Wanderstab.

Ich duckte mich wieder und bedeutete Elvis, leise zu sein, dabei rollte ich mit den Augen, damit er verstand, wie wichtig das war.

Ich formte mit dem Mund die Worte: »Es ist meine Oma.«

Er formte mit dem Mund ein stilles »Oh«.

Wieder war das Knirschen zu hören und wurde immer

lauter, als Oma in unsere Richtung kam. Wir machten uns hinter dem Felsen so klein wie möglich. Oma murmelte im Gehen leise vor sich hin, aber ich verstand nicht, was sie sagte. Plötzlich stieß sie einen so lauten Triumphschrei aus, dass kein Zweifel mehr bestand: Sie hatte das Raumschiff gefunden.

Ich riskierte einen Blick über den Felsrand. Oma stand neben dem riesigen Felsbrocken und berührte ihn mit einer Hand. Sie zog die Hand zurück und begann, die Oberfläche abzusuchen.

Ich duckte mich wieder und konnte unser Glück kaum fassen. Meine Oma war hier und nur wenige Meter von uns entfernt. Wenn wir versucht hätten, uns an sie anzuschleichen, hätten wir es nicht besser hinbekommen können. Ich tippte Elvis auf den Arm und deutete auf den Rucksack, den er an sich gedrückt hielt, dann stellte ich pantomimisch dar, wie ich mit dem Alienator auf Oma zielte.

Elvis nickte und begann, ganz langsam, Zahn für Zahn, den Reißverschluss des Rucksacks zu öffnen. Schließlich holte er den Alienator raus. Ich nickte ihm aufmunternd zu, als er mit den Augen über den Rand des Felsens spähte und mit dem Gerät auf meine Großmutter zielte. Ich hielt den Atem an, während ich darauf wartete, dass das gelbe Leuchten seine Arbeit tat und unsere Probleme für immer löste. Aber nichts geschah.

Ich packte Elvis am Ellenbogen und zog ihn wieder hinter den Felsen.

»Gib ... ihn ... mir«, sagte ich lautlos und deutete ungeduldig auf den Alienator.

»Er ... funktioniert ... nicht«, gab Elvis ebenso lautlos zurück und reichte ihn mir. Aber ich war sicher, dass er nur schlecht gezielt oder die Kerbe nicht fest genug gedrückt hatte. Ich war überzeugt, dass es bei mir wieder funktionieren würde, so wie schon zweimal zuvor.

Ich hockte mich auf ein Knie und spähte über den Felsen. Ich freute mich, dass Oma immer noch in der Schusslinie war, während sie die Oberfläche des Felsens absuchte. Ich hob den Alienator, stabilisierte meine Hand und zielte auf sie. Ich bewegte den Daumen auf die rechte Kerbe, versicherte mich, dass es die richtige war, und drückte. Nichts passierte. Ich versuchte es immer wieder, bis ich in Panik geriet. Verzweifelt sank ich hinter den Felsen zurück und gestand mein Versagen ein.

Elvis und ich blieben in unserem Versteck und zitterten in unseren Unterhosen. Wir konnten überhaupt nichts tun. Wir hörten Oma ein weiteres Mal triumphierend kichern, dann entfernten sich ihre Schritte. Eine gespenstische Stille blieb zurück. Allmählich setzte das Vogelgezwitscher wieder ein.

Als wir sicher waren, dass Oma fort war, zogen Elvis und ich uns hastig an. Die Sonne stand jetzt sehr tief und wir hatten einen weiten Heimweg. Ich würde zu spät zum Abendessen kommen.

»Vielleicht waren wir nicht nahe genug«, sagte Elvis.

»Nein«, erwiderte ich. Der Bulle war weiter weg gestanden als Oma, und bei ihm hatte es funktioniert.

»Vielleicht schwächelt die Batterie?«, überlegte er.

»Das wird es sein«, erwiderte ich schlecht gelaunt. »Wir müssen nur ins Alienwarenhaus gehen und eine neue kaufen.«

Dann fühlte ich mich mies, weil Elvis ja nichts dafür konnte, dass der Alienator nicht funktioniert hatte. Mir lag so viel daran, meine Oma zu retten, und ich war mir so sicher gewesen, dass ich wusste, wie es ging. Jetzt musste ich mich der Tatsache stellen, dass ich sie vielleicht nie wiederbekommen würde. Und was noch schlimmer war: Da er das Schiff gefunden hatte, war Xylon seinem Vorhaben, das Wurmloch zu aktivieren, einen gewaltigen Schritt näher gekommen.

Zum Glück nahm Elvis mir meine Bemerkung nicht übel. »Wir werden einen Weg finden, deine Oma zu retten«, versprach er und klopfte mir ungelenk auf die Schulter. »Was machen wir in der Zwischenzeit?«

»Es gibt nur eine Sache, die wir machen können. Wir passen auf, dass ihr der Alienator nicht in die Hände fällt. Du musst ihn immer bei dir tragen. Wir treffen uns gleich morgen früh und verstecken uns den ganzen Tag. Ohne den Alienator kann sie nicht viel ausrichten.«

»Könnten wir ihn nicht einfach in den See werfen?«, fragte Elvis.

Aber das widerstrebte mir. Ich hatte die Hoffnung noch

nicht aufgegeben, dass ich ihn noch irgendwie brauchte, um meine Oma zu befreien. Ich musste nur herausfinden, wie.

Dann verließen Elvis und ich den Park. Wenn ich ein Hund gewesen wäre, hätte ich den ganzen Heimweg den Schwanz hängen lassen.

KAPITEL 23

Ich schaffte es gerade noch rechtzeitig zum Abendessen nach Hause. Als ich die Hand nach dem Türgriff ausstreckte, wurde sie von innen geöffnet. Sie schwang auf und ich sah meine ganze Familie im Flur stehen: Mum mit Grace auf dem Arm; Dad, der ausnahmsweise früh von der Arbeit gekommen war; und Oma, die hinter den anderen lauerte.

»Da bist du ja«, sagte Mum. »Wir haben schon auf dich gewartet.«

»Kriege ich Ärger?«, fragte ich, trat ein und schloss die Tür.

Dad verstrubbelte mir grinsend die Haare.

»Dieses Mal nicht. Deine wunderbare Großmutter ...« Mum unterbrach sich und strahlte Oma an. »... deine wunderbare Großmutter hat angeboten, dieses Wochenende nach euch Kindern zu sehen, damit dein Dad und ich uns ein bisschen freinehmen können.«

Während Mum redete, fielen mir die Koffer neben der Haustür auf. Sie hatten bereits gepackt. Entsetzt sah ich zwischen Mum und Dad hin und her. »Wann fahrt ihr los?«, fragte ich und kämpfte gegen die Panik in meiner Stimme an.

»Jetzt«, sagte Mum. »Ich hätte es dir früher gesagt, aber ich wusste nicht, wo du bist.« Sie umarmte mich und drückte mir einen Kuss auf die Stirn. »Benimm dich bei Oma ordentlich. Ehe du dich's versiehst, werden wir wieder zurück sein.«

Dad kam auf mich zu und umarmte mich ebenfalls. Über seine Schulter sah ich, dass Oma mich beobachtete wie eine Spinne ihre Beute. Mit Mühe unterdrückte ich einen Schrei.

Dad ließ mich los. Er gab Grace einen Abschiedskuss und öffnete die Tür. Ich hätte mich am liebsten an seine Beine geklammert, wie ich es als kleines Kind gemacht hatte. Das ging alles zu schnell. *Bitte geht nicht,* dachte ich verzweifelt, als könnte ich meine Eltern damit zum Bleiben bewegen.

Dad nahm die Koffer und brachte sie nach draußen zum Auto. Mum küsste Grace und reichte sie an Oma weiter. Doch als Mum aus der Tür trat, begann Grace wie am Spieß zu schreien. Sofort blieb Mum stehen. Oma ließ Grace auf und ab wippen und rieb ihren Rücken, aber sie schrie nur immer lauter.

Mum kam wieder ins Haus. Dicke Tränen liefen Grace über die Backen, während sie heulte. Es war ein erbarmungswürdiger Anblick. Grace streckte ihre pummeligen, tränennassen Hände nach Mum aus. Mum zögerte, konnte aber nicht widerstehen. Sie nahm Oma Grace wieder ab. Sofort beruhigte sich die Kleine.

Dad kam ins Haus zurück, um nachzusehen, wo Mum blieb.

»Ich kann sie einfach nicht allein lassen«, sagte Mum zu Dad. »Sie ist noch nicht so weit.«

Ich hatte meine Schwester noch nie so geliebt wie in diesem Augenblick. Dank Grace würden Mum und Dad nun doch nicht wegfahren. Ich konnte nicht anders, als Oma feixend anzusehen. Dann merkte ich, dass Dad im Begriff war, etwas zu sagen.

»Im Hotel gibt es Kinderbetten.« Er tätschelte Mums Hand. »Weißt du noch, wir waren doch auch mal dort, als Mike noch ein Baby war. Wir nehmen Grace einfach mit.«

Was? Ich traute meinen Ohren nicht. Aber sie würden doch nicht Grace mitnehmen und mich daheim lassen?

Es stellte sich heraus, dass sie genau das vorhatten. Mum ging nach oben, um eine Tasche für Grace zu packen, und ich wurde in die Küche geschickt, wo mein Abendessen für mich bereitstand. Während ich frittierte Kichererbsen hinunterwürgte, die weniger Geschmack hatten als ein alter Kaugummi, versicherte Dad mir, dass Oma und ich an diesem Wochenende sicher mehr Spaß haben würden als der Rest der Familie zusammen. Mir blieb fast der Tofu im Hals stecken.

Schneller, als mir lieb war, war Mum wieder abfahrbereit, und wir versammelten uns alle im Flur, um uns endgültig zu verabschieden.

Aber diesmal war ich vorbereitet. Gerade als Mum, Dad und Grace gehen wollten, rief ich Mum zurück. »Oma möchte, dass du ihr noch mal zeigst, wie der neue Backofen funktioniert«, sagte ich.

Oma warf mir einen seltsamen Blick zu, aber Mum zog sie schon mit sich in die Küche.

»Tschüs, Mum«, rief ich, sobald sie mir den Rücken zugedreht hatten. Ich sauste die Treppe hoch in mein Zimmer und verschloss die Tür. Mein Herz raste, aber ich war fürs Erste in Sicherheit. Kurz darauf wurde die Autotür zugeschlagen, und ich erhaschte aus dem Fenster einen kurzen Blick auf den Wagen, in dem meine Familie wegfuhr und mich mit Oma mutterseelenallein ließ.

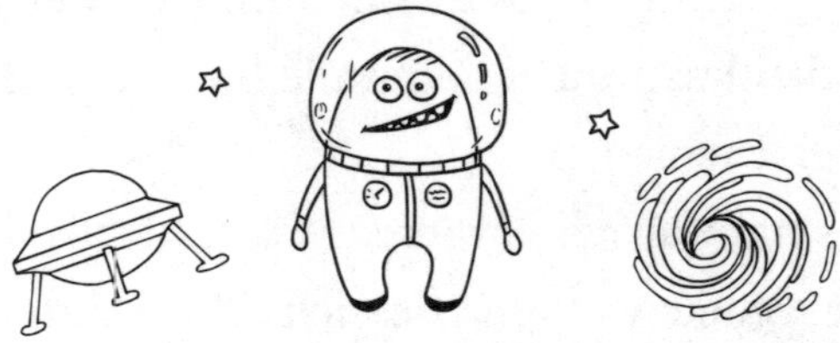

KAPITEL 24

Als alle fort waren, legte sich Stille übers Haus. Mit angehaltenem Atem versuchte ich zu erlauschen, was meine Großmutter machte. Nichts rührte sich. Ich hatte keine Ahnung, wo sie war. Ich begann mich zu fürchten. Ich stellte mir vor, dass sie unten an der Treppe stand und genauso lauschte wie ich. Dann hörte ich ein Knarren im Erdgeschoss. Ein Gehstock setzte auf, gefolgt von einem weiteren Knarren. Oma kam die Treppe hoch.

Knarr, wupp. Sie kam mich holen.

Knarr, wupp. Schritt für Schritt.

Mit zitternden Händen holte ich das schnurlose Telefon heraus, das ich nach dem Abendessen in meine Tasche gesteckt hatte. Aber ich konnte nicht denken. Nicht einmal Elvis' Telefonnummer fiel mir ein, dabei hatte ich sie schon tausend Mal gewählt. Ich war wie gelähmt von dem langsamen *knarr, wupp* und der Gewissheit, dass Oma mich holen kam.

Oma erreichte den oberen Treppenabsatz. Anstelle des Knarrens war jetzt das leise Schlurfen von Schuhen auf dem Teppich zu hören, während sie auf mein Zimmer zuging.

Stille folgte. Ich konnte ihre Gegenwart draußen vor meiner Tür fühlen. Ich wartete und lauschte.

»Mike?«

Ich schwieg.

Der Türknauf wurde gerüttelt. »Ich weiß, dass du da drin bist.«

»Du kannst nicht reinkommen«, rief ich. »Ich ziehe mich gerade um.«

»Hättest du Lust, vor dem Schlafengehen noch etwas zu spielen?«

»Danke nein. Ich gehe lieber gleich schlafen. Ich bin todmüde.«

Vor der Tür war es still. Nach einer Weile sagte sie: »Ich werde morgen früh immer noch da sein.«

Ich wartete ab, bis sich ihre Schritte entfernten, dann griff ich wieder zum Telefon. Als es in meiner Hand zu klingeln anfing, sprang ich vor Schreck fast durch die Decke.

»Mike am Apparat«, antwortete ich leise und verkroch mich in die Ecke meines Zimmers, die am weitesten von der Tür entfernt lag.

»Gott sei Dank bist du es«, sagte Elvis. Er redete so schnell, dass ich ihn kaum verstand und es unmöglich war, ihn zu unterbrechen. »Ich habe gerade die heutigen Aufzeichnungen aus dem Wohnzimmer deiner Oma angesehen, *und* sie hat diesen Nachmittag Verbindung mit ihrem Heimatplaneten aufgenommen, *und* sie hat ihrem Kommandanten erzählt, dass sie dein Haus durchsucht hat, den Alienator aber nicht finden konnte, *und* er war sehr verärgert, aber deine Oma hat gesagt, sie hätte einen Plan, wie sie ihn dir heute Abend wegnehmen könnte, *und* sie würde dich dafür so hypnotisieren, wie sie es mit Houdini gemacht hat, *und* aus deinem Erbsenhirn die Information heraussaugen, wo sich der Alienator befindet.«

Elvis atmete schnell und rasselnd ein. Bevor ich etwas sagen konnte, fuhr er fort: »Tut mir leid, ihre Worte, nicht meine. Sie hat außerdem gesagt, dass das Verfahren deinem Hirn dauerhaften Schaden zufügen könnte.«

»Zu spät«, flüsterte ich ins Telefon, »meine Eltern sind mit Grace übers Wochenende verreist, und Oma ist hiergeblieben, um auf mich aufzupassen. Ich habe mich in meinem Zimmer eingeschlossen, aber sie weiß, dass ich hier drin bin. Du musst mich retten, bevor Oma einen Weg findet, in mein Zimmer zu gelangen.«

»Lass sie auf gar keinen Fall in deine Nähe. Wenn sie dich nicht sieht, kann sie dich nicht hypnotisieren. Wo ist sie jetzt?«

Ich lauschte. »Kurz bevor du angerufen hast, war sie noch hier oben. Ich habe sie noch nicht wieder über die Treppe runtergehen gehört.«

»Das ist gut. Es bedeutet, dass sie nicht in die Küche

gegangen ist, um ein Messer zu holen, mit dem sie deine Tür aufstemmen kann. Das Schloss an deiner Tür ist sehr leicht zu knacken. Man muss nur von der anderen Seite ein Messer in den Schlitz stecken und es leicht drehen.«

Ich wollte gerade etwas sagen, da war in der Leitung ein leises Klicken zu hören. Jemand hatte aufgelegt. Ich schluckte. »Elvis, warst du das?«

»Nein, ich bin noch dran.«

Es knarrte auf der obersten Stufe. Ich war sicher, dass Oma an dem Telefon im Schlafzimmer meiner Eltern mitgehört hatte und jetzt in die Küche hinunterging, um sich ein Messer zu holen, genau wie Elvis es so hilfreich vorgeschlagen hatte.

»Hör genau zu«, sagte ich. »Ich glaube, dass Oma alles mitgehört hat. Sie geht gerade die Treppe runter. Sie ist langsam, darum wird es eine Weile dauern, bis sie wieder zurück ist. Du musst mich retten. Wirf ein Seil durch mein Fenster, an dem ich hinunterklettern kann. Dad hat eins mit einem Wurfanker, es liegt in unserem Gartenschuppen. Und beeil dich!«

Ich legte auf und wartete an meinem Fenster auf Elvis.

Wenige Sekunden später erschien er unter mir auf dem Gartenweg. Er lief in den Schuppen und kam kurz darauf mit dem Seil und dem Wurfanker wieder heraus. Ich öffnete leise das Fenster und winkte ihm zu.

»Wirf es hoch«, rief ich mit gedämpfter Stimme.

Elvis nahm den Haken auf und hielt ihn mit beiden

Händen an seine Brust. Ich war mir nicht sicher, was er da machte, bis er versuchte, ihn wie einen Basketball zu werfen. Er landete einen halben Meter von Elvis entfernt in einem Gartenbeet.

»So doch nicht!«, rief ich. »Du musst ihn schwingen lassen wie ein Cowboy sein Lasso. Halte das Seil ein Stück vom Haken entfernt und lass es ein paarmal kreisen. Dann schleuderst du es durch mein Fenster.«

Ich trat ein paar Schritte vom Fenster weg und beobachtete, wie Elvis den Haken im Kreis herumschwang. Als er schneller wurde, begann ich mir Sorgen zu machen. Diese Aufgabe erforderte eine gute Koordination. Elvis kniff konzentriert die Augen zusammen, während er abzuschätzen versuchte, wann er das Seil loslassen sollte. Er sah aus wie eins der Mädchen in der Schule, wenn sie versuchen, das richtige Timing beim Seilspringen hinzubekommen.

Ich hörte es knarren, als Oma auf die unterste Stufe trat. Sie war jetzt wieder im Erdgeschoss.

»Beeil dich«, drängte ich Elvis.

Er nickte und schwang den Haken noch ein paarmal herum.

Dann ließ er los.

Es war ein toller Wurf, viel weiter und schneller, als ich erwartet hatte. Nur die Richtung stimmte nicht.

Der Haken segelte nach oben … und dann in einem Bogen rückwärts über Elvis' Schulter. Selbst wenn Oma ihr Hörgerät entfernt hätte, wäre ihr nicht entgangen, wie der eiserne Haken sich mit einem donnernden Schlag in die Blechwand unseres Schuppens bohrte.

Als das Echo verklungen war, lauschte ich, was Oma jetzt machte. Ich erwartete zu hören, wie sie die Hintertür öffnete, um nachzusehen, was passiert war. Doch alles blieb still. Dann wurde eine Küchenschublade zugeschlagen und Besteck klirrte. Das konnte nur eines bedeuten: Oma hatte ein Messer. Sie war auf dem Weg zu mir und kümmerte sich um nichts anderes. Wieder knarrte die unterste Stufe.

»Die Luft ist rein«, rief ich Elvis zu, der sich in den Schatten hinter dem Schuppen geschlichen hatte. »Beweg dich. Oma hat ein Messer und ist wieder auf dem Weg nach oben. Versuch es noch mal.«

Elvis packte den Haken und zog ein paarmal daran, doch der steckte fest. Elvis drehte und zerrte, aber er bekam ihn nicht frei.

Während ich ihn seinen vergeblichen Kampf ausfechten sah, hörte ich Omas Schritte auf der Treppe. Ich geriet in Panik. Ich lief in meinem Zimmer im Kreis herum wie ein Hund, der seinen eigenen Schwanz jagt. Ich musste etwas unternehmen, aber ich wusste nicht, was. Schließlich beruhigte ich mich so weit, dass ich wieder einen klaren Gedanken fassen konnte. Ich packte ein Paar Turnschuhe und klemmte sie unter die Tür. Damit gewann ich ein bisschen mehr Zeit.

»Er lässt sich nicht herausziehen«, rief Elvis mir zu. »Ich suche etwas anderes.«

Elvis verschwand im Schuppen und erschien kurz darauf mit einer Heckenschere, mit der er das Seil vom Haken abschnitt. Da er das Seil jetzt wieder hatte, versuchte Elvis, das Ende zu mir hochzuwerfen, doch es landete meilenweit vom Fenster entfernt. Das Ende war zu leicht. Erneut hastete Elvis in den Schuppen, um etwas zu finden, das er ans Seil binden konnte.

Als der Türknauf sich quietschend drehte, sprang meine Aufmerksamkeit vom Fenster wieder zur Tür zurück. Der Knauf drehte sich, als würde ihn eine unsichtbare Hand bewegen. Nach einer Vierteldrehung blieb er stehen. Oma grunzte wie ein hungriges Tier, als sie am Knauf rüttelte. Die Tür war immer noch verschlossen. Ich hörte das Kratzen des Messers, als sie versuchte, das Schloss aufzustemmen.

Ich begann zu hyperventilieren. Ich lehnte mich aus dem Fenster und sah nach unten. Konnte ich einen Sprung überleben? Es ging ziemlich weit hinunter. Wo war Elvis?

Gerade als ich mich das fragte, kam er mit einem langen, schwarzen Gegenstand in den Händen aus dem Schuppen. Ich kniff die Augen zusammen und brauchte in der zunehmenden Dämmerung einen Augenblick, um zu erkennen, was er gefunden hatte. Ich blinzelte und sah noch einmal hin: Dads Harpune. An die hatte ich gar nicht gedacht.

Elvis legte sie auf den Gartenweg. Er befestigte das Ende des Seils an der Harpune, was ein ziemliches Gefummel war.

Hinter mir rasselte und quietschte der Türknauf. Erschrocken drehte ich mich um. Der Türknauf drehte sich wieder. Nach einer Vierteldrehung hielt ich den Atem an und hoffte, dass er stehen bleiben würde. Doch das tat er nicht. Die Tür war aufgeschlossen.

Es gab ein dumpfes Geräusch, als Oma sich mit ihrem gebrechlichen Körper gegen die Tür warf. Die Tür öffnete sich einen Spalt, dann verklemmte sie sich, weil die Schuhe, die ich darunter verkeilt hatte, in den Teppich gedrückt wurden. Das Einzige, was zwischen mir und einem möglichen Hirnschaden stand, waren ein paar Sneakers und Elvis, der Junge, der bei Mannschaftssportarten immer als Letzter ausgewählt wurde (und dabei gibt es an unserer Schule auch Mädchen!).

»Beeil dich«, kreischte ich.

Elvis brachte die Harpune in Anschlag und zielte auf das Fenster … den Schornstein… den Boden … das Fenster. Mich verließ der Mut. Die Harpune war lang und unhandlich, und Elvis hatte Mühe, sie ruhig zu halten. Er neigte den Kopf und bedeutete mir, vom Fenster wegzutreten.

Ich duckte mich zur Seite. Oma rüttelte immer noch an der Tür. Millimeter um Millimeter öffnete sie sich immer weiter.

Wir hatten nur eine Chance.

Dann war die Chance vertan. Oma gab der Tür einen Tritt, der eines Superhelden würdig gewesen wäre. Knirschend öffnete sie sich und drückte meine Schuhe in den

Teppich. Mit einem wütenden Gesichtsausdruck trat Oma herein. Sie sah gar nicht mehr wie eine gebrechliche alte Dame aus.

»Jetzt ist Schluss mit lustig«, knurrte sie. Sie knallte die Tür hinter sich zu und stellte sich mit dem Rücken davor.

Ich war gefangen.

Bevor ich ihrem Blick ausweichen konnte, begann sie mit den Händen zu fuchteln. Obwohl ich wusste, was sie da machte, und obwohl ich wusste, dass ich nicht hinsehen durfte, konnte ich meine Augen nicht von ihren Händen abwenden. Ich begann mich so erschöpft zu fühlen wie letzten Sommer nach dem Sporttag an der Schule, als ich so blöd gewesen war, an jedem Wettbewerb teilzunehmen. An dem Abend war ich am Küchentisch eingeschlafen und man hatte mich ins Bett tragen müssen. Das hier jedoch war schlimmer – hundertmal schlimmer. Die Müdigkeit legte sich über meinen Körper wie eine schwere Decke. Meine Augen fielen zu und mein Kopf nickte langsam auf und ab. Oma hypnotisierte mich und ich konnte sie nicht aufhalten. Ich verlor allmählich das Bewusstsein.

Wuuuuusch!

Ein Geräusch wie ein Schwert, das durch die Luft sauste, drang durch den Nebel in meinem Kopf. Etwas Silbernes schoss an mir vorbei. Ein Schrei erklang. Der Nebel, der mich eingehüllt hatte, verzog sich und ich konnte wieder klar sehen und denken. Ich brauchte ein paar Sekunden, um zu verstehen, was passiert war.

Oma war immer noch in meinem Zimmer. Sie stand immer noch an der Tür. Nur dass sie jetzt von der Harpune aufgespießt war.

Dass Elvis es geschafft hatte, zu zielen und die Harpune durch das offene Fenster zu schießen, grenzte bereits an ein Wunder. Aber dass das Geschoss direkt unter Omas rechter Achsel ihren Mantel durchschlagen und sich tief ins Holz gebohrt hatte, war mehr als das. Oma schlug um sich und versuchte sich zu befreien wie ein Fisch am Haken, aber die Harpune sorgte dafür, dass ihr Arm im Mantelärmel feststeckte und der Mantel an die Tür genagelt war.

Das Seil schlängelte sich von der Harpune durch den Raum aus dem offenen Fenster. Ich sah hinaus. Das Seil reichte fast bis zum Boden. Elvis sah zu mir hoch und strahlte vor Stolz über beide Ohren. Er konnte nicht sehen, dass Oma wie ein Schaschlik an die Tür gespießt war. Er freute sich nur, dass er durchs Fenster getroffen hatte. Ich zog an dem Seil. Es hielt.

Ich packte das Seil und schwang erst ein Bein aus dem Fenster, dann das andere. Mit baumelnden Beinen blieb ich kurz auf dem Fensterbrett sitzen und schaute zurück. Oma hörte auf, um sich zu schlagen, und beobachtete, was ich vorhatte.

»Bis später«, sagte ich und salutierte spöttisch. Dann begann ich den Abstieg.

Auf halber Höhe wurde mir klar, dass ich zu selbstgefällig gewesen war. Das Seil in meiner Hand gab plötzlich nach. Ich fiel rückwärts in ein Blumenbeet, machte die Gänseblümchen darin platt und bekam keine Luft mehr. Das Ende des Seils klatschte neben mich, zusammengerollt wie eine schlafende Schlange. Ich rappelte mich auf und wischte mir Blütenblätter und Erde von der Hose.

»Was für einen Knoten hast du verwendet?«, fragte ich Elvis, als ich wieder atmen konnte.

Elvis wand sich und deutete mit einer vagen Geste auf seine Füße.

Ich sah auf Elvis' ordentlich geschnürte Schuhe hinunter. »Eine Schleife?«, fragte ich fassungslos.

»Doppelschleife«, verbesserte er. »Die hält besser.«

Ich schüttelte den Kopf und fragte mich, wer eigentlich die größere Gefahr darstellte, Oma ... oder Elvis?

Irgendwo in der Dämmerung mauzte eine Katze. Elvis zuckte zusammen und sah sich nervös um. »Wo ist deine Oma?«, fragte er.

»Die steckt an meiner Tür fest«, erwiderte ich und genoss Elvis' verwirrten Gesichtsausdruck. »Aber vielleicht nicht mehr lange. Hauen wir ab.«

KAPITEL 25

Elvis und ich stoben davon und liefen in die Nacht hinein (in die Abenddämmerung, um genau zu sein, aber »in die Dämmerung hineinlaufen« klingt irgendwie blöd).

Als wir ein paar Häuserblocks weit gekommen waren, fand ich, dass wir jetzt genug Abstand zwischen uns und Oma gebracht hatten, darum bog ich um die nächste Ecke und duckte mich vor einem Haus hinter eine Hecke, wo ich darauf wartete, dass Elvis zu mir aufschloss. Als ich seine unregelmäßigen Schritte und seinen keuchenden Atem hörte, schlich ich hinter der Hecke hervor und machte mich bemerkbar.

Elvis stieß einen gellenden Schreckensschrei aus. Bevor er zu einem zweiten Schrei ansetzen konnte, drückte ich ihm eine Hand auf den Mund und zog ihn hinter das Gebüsch.

»Ich bin es, du Dummkopf«, zischte ich, nahm meine

Hand weg und rieb die Stelle, wo er versucht hatte, mich zu beißen.

»Mike! Was sollte das denn? Du hast mich fast zu Tode erschreckt.«

»Wir müssen eine Pause machen und uns überlegen, wo wir hingehen. Wir können nicht die ganze Nacht durch die Gegend laufen.«

»Da hast du recht. Ich bin völlig außer Puste«, keuchte Elvis.

In Wahrheit hatte ich mir während des Laufens schon überlegt, was wir tun mussten. So wie ich es sah, gab es für uns nur eine Möglichkeit.

»Ich werde mich ein paar Tage lang mit dem Alienator verstecken«, sagte ich. »Meine Familie ist verreist, darum wird niemand – außer Oma – bemerken, dass ich fort bin. Aber du musst nach Hause gehen und so tun, als wäre alles in Ordnung. Ich kann dir nicht sagen, wo ich hingehe, denn Oma könnte versuchen, dich dazu zu bringen, ihr meinen Aufenthaltsort zu verraten.«

»Ich kann dich doch jetzt nicht allein lassen«, sagte Elvis und klammerte sich an meinen Arm.

»Aber du musst«, beharrte ich.

»Also gut«, sagte Elvis und sah dabei sehr erleichtert aus.

Ich wusste nicht, wo ich in den nächsten Tagen hingehen und was ich tun sollte, aber ich wusste, dass ich nicht scheitern durfte, denn die Zukunft der Menschheit hing von mir ab. Ich war völlig aufgekratzt und fühlte mich wie ein Superheld in einem Blockbuster.

»Warte«, unterbrach Elvis meine Gedanken. »Nur für den Fall, dass deine Oma mich erwischt und auf meine Gedanken zugreift, sollte ich dir besser sagen, was ich glaube, wo du wahrscheinlich hingehst, denn genau das wird sie aus meinem Gehirn saugen. Dann weißt du, wo du auf keinen Fall hingehen darfst.«

»Okay«, sagte ich. Das klang logisch.

»Bobby Hacketts Baumhaus – das würde mir als Erstes einfallen«, sagte Elvis.

Ich stöhnte. Bobby hat ein riesiges Baumhaus in seinem Garten und er und seine Familie waren im Urlaub. Ich strich es in Gedanken vom ersten Platz meiner Hitliste möglicher Verstecke. Elvis rasselte noch ein paar weitere mögliche Verstecke herunter, bis auf meiner Hitliste alles durchgestrichen war.

»Weißt du, was du machen solltest«, sagte Elvis, ohne meine wachsende Verzweiflung zu bemerken, »du solltest einen Überlandbus nehmen und einfach irgendwohin fahren.«

Was natürlich bedeutete, dass auch das für mich nicht mehr infrage kam. »Hör auf, mir Vorschläge zu machen, dann mache ich mich auf den Weg«, unterbrach ich ihn.

»In Ordnung«, sagte Elvis und umarmte mich ungestüm.

Ich wand mich aus seiner Umklammerung. »Du musst mir den Alienator geben.« Es wurde höchste Zeit, dass ich mich aus dem Staub machte, wenn ich einen sicheren Schlafplatz für die Nacht finden wollte.

»Bitte sehr«, sagte Elvis, nahm seinen Rucksack ab und reichte ihn mir. »Er ist immer noch da drin. Nimm den ganzen Rucksack. Da sind ein paar Sachen drin, die du brauchen könntest.«

Ich legte den Rucksack auf den Boden. Es war einer dieser Rucksäcke, die zwei Reißverschlüsse haben, die aufeinander zulaufen. Um ihn vollständig zu schließen, muss man die beiden Schieber zusammenbringen. Doch als Elvis mir den Rucksack reichte, waren die Schieber nicht ganz zusammen. Sie hatten sich getrennt, und so stand eine Seite der Tasche ein Stück offen. Ich konnte darin ein wollenes Kleidungsstück sehen. Ich öffnete den Rucksack ganz, damit ich eine Bestandsaufnahme machen konnte.

Das teilweise noch verpackte Käsesandwich, das wir ursprünglich dem Bullen hatten hinwerfen wollen, war noch drin. Es sah ziemlich mitgenommen aus, nachdem es den ganzen Tag im Rucksack hin und her gerutscht war. Wenn ich sehr verzweifelt war, würde es mir wahrscheinlich schmecken.

Dann waren da unsere Karte, ein Kompass, ein Stift, zwei Bananen (vielleicht würde ich das Sandwich doch lieber wegwerfen), ein sauberes Handtuch und Elvis' Strickjacke (die mit dem Loch am Ellenbogen). Ich hielt die Strickjacke hoch. Ich schätzte, dass ich mich hineinzwängen könnte, aber nur, wenn die Temperatur unter den Gefrierpunkt sank und außerdem keine Gefahr bestand, dass mich jemand sah.

Als ich die Reißverschlüsse wieder schließen wollte, stockte mir plötzlich der Atem. »Wo ist der Alienator?«, fragte ich.

»Im Rucksack«, sagte Elvis und erblasste. Er schob mich mit dem Ellenbogen zur Seite und durchwühlte panisch den Inhalt des Rucksacks. »Das ist seltsam«, sagte er. »Ich habe ihn gar nicht rausgenommen, da bin ich mir ganz sicher. Ich habe ihn in der Tasche gelassen, damit ich ihn immer bei mir habe, genau wie vereinbart.«

Ich kippte den Inhalt des Rucksacks ins Gras, breitete alles aus und ging jeden Gegenstand einzeln durch. Ich schüttelte die Strickjacke aus und klopfte sie gründlich ab, falls der Alienator in einen Ärmel gerutscht war. Ich checkte auch die Seitentasche des Rucksacks: einmal, zweimal, dreimal.

Dann fiel mir wieder ein, dass der Reißverschluss ein Stück geöffnet gewesen war, als Elvis ihn mir gereicht hat. Da dämmerte mir mit Grausen, was passiert sein musste.

KAPITEL 26

»Du hast den Alienator verloren.«

»Nein«, entgegnete Elvis matt.

»Doch, das hast du. Einer der Reißverschlüsse war offen, also muss er rausgefallen sein.« Ich sah vor meinem geistigen Auge, wie Elvis unter meinem Fenster den Wurfhaken im Kreis herumgeschwungen hatte. Ich hatte den starken Verdacht, dass der Alienator dabei aus dem Rucksack gerutscht war.

»Vielleicht sollten wir den Weg wieder zurückgehen und nachsehen –«

»Du solltest lieber beten, dass Oma ihn noch nicht gefunden hat«, sagte ich und griff nach dem Rucksack.

Anstatt also abzuhauen, gingen Elvis und ich die ganze Strecke zurück und suchten dabei jeden Zentimeter des Gehwegs ab, während wir gleichzeitig ängstlich nach Oma Ausschau hielten.

Wir waren fast zu Hause angekommen, als ich bemerkte, dass das Außenlicht in unserer Einfahrt anging. Ich schnappte Elvis und zerrte ihn einige Häuser entfernt hinter einen Zaun. Unser Außenlicht war als Schutz vor Einbrechern an einen Bewegungsmelder gekoppelt. Wenn es anging, bedeutete das, dass jemand am Haus entlangschlich.

Elvis und ich duckten uns in die Schatten hinter dem Holzzaun und warteten. Die Zaunlatten standen eng genug beieinander, um uns zu verbergen, aber die Lücken waren breit genug, dass wir durchsehen konnten. Wenn wir die Nasen an den Zaun drückten, hatten wir den Vorgarten meines Hauses und den Gehweg bestens im Blick.

Nur Sekunden später eilte Oma über den Gehweg. Sie ging direkt zu ihrem kleinen Auto, das nur ein paar Schritte entfernt am Straßenrand stand. Dabei löste sie auch den Bewegungssensor am vorderen Außenlicht aus.

Der ganze Vorgarten wurde von Licht geflutet. Oma blieb stehen und hob den linken Arm, um ihre Augen vor der plötzlichen Helligkeit zu schützen. Wie ein Schattenriss hob sich ihr dunkles Profil von dem Licht ab. Unter den erhobenen Armen fiel das Licht durch das Loch in Omas Mantel, wo die Harpune den Stoff durchschlagen hatte. Er musste gerissen sein, als Oma sich freigekämpft hatte, denn das Loch war riesig.

Unter dem Licht drehte sich Oma ein kleines Stück, gerade genug, dass ich ihre erhobene Hand sehen konnte. Sie hatte die Finger um etwas geschlossen, etwas, das das Licht anzog, verstärkte und wie einen leuchtenden Stern in den immer dunkler werdenden Nachthimmel reflektierte. In dem kurzen Augenblick, bevor sie die Hand wieder senkte, sah ich, was sie darin hielt.

Bis zu diesem Augenblick war es mir vorgekommen, als würde sich die Szene vor mir in Zeitlupe abspielen. Jetzt ging plötzlich alles viel schneller, als hätte jemand die Vorspultaste gedrückt. Oma trat plötzlich in Aktion, eilte zu ihrem Auto und hechtete förmlich hinein. Sie rammte den Fuß auf das Gaspedal und ließ die Kupplung los. Mit quietschenden Reifen raste der Wagen davon.

An der ersten Abzweigung bog Oma so scharf links ab, dass das Heck zur Seite ausbrach. Dann fand das Auto wieder seine Spur und beschleunigte, bis es nicht mehr zu sehen war. Nur ein leichter Geruch nach verkohltem Gummi lag noch in der Luft.

Mir fiel nur ein Ort ein, den sie wohl aufsuchen würde mit dem, was jetzt in ihrem Besitz war … und das war nicht die Bingo-Nacht im Seniorenclub.

»Tja, ich schätze, das war's dann«, sagte ich und stand auf.

Elvis gab keine Antwort. Er hatte das Gesicht in die Hände gelegt.

»Ist das alles, was du zu sagen hast?«, fragte ich, obwohl er überhaupt nichts gesagt hatte. »Wir sind Geschichte. Die gesamte Menschheit ist Geschichte, weil du den Alienator verloren hast.«

»Hey, es ist nicht meine Schuld«, sagte Elvis und sah wütend zu mir hoch. »Du hättest den Außerirdischen gar nicht erst befreien dürfen.«

»Dann hättest du mir nicht den blöden Metalldetektor geben dürfen«, konterte ich.

»Du hättest nicht darum bitten sollen.«

»Hab ich auch nicht.«

»Egal!«, rief Elvis. »Ich wünschte, ich hätte ihn dir nie gegeben. Ich wusste, dass ich ihn dir nicht anvertrauen kann.«

»Selber egal!«, schrie ich. »Ich geh jetzt nach Hause und esse so viel Schokolade, wie ich kann. Dank dir werden von nächster Woche an nur noch Küchenschaben und Spinnen auf meinem Speiseplan stehen.« Ich stürzte davon und auf mein Haus zu.

»Prima!«, rief Elvis mir nach, während er seinen Rucksack aufhob und zu seinem eigenen Haus davonstürmte. Aber als ich den Vorgarten erreicht hatte, wurde mir klar, dass ich nicht einfach daheim hocken und Schokolade essen könnte – und zwar nicht nur deswegen, weil wir gar keine im Haus hatten.

Ich schnappte mein Fahrrad und folgte Oma in den Park.

KAPITEL 27

Wie ein Besessener strampelte ich im hellen Schein des Vollmonds durch die Nacht und erreichte in Rekordzeit den Parkplatz. Auf der anderen Seite des Kiesplatzes sah ich Omas Auto stehen. Sie hatte in der Nähe des Wanderwegs geparkt, der zum Raumschiff führte. Ich versteckte mein Fahrrad im Wald und machte mich auf den Weg.

Als ich an Omas Auto vorbeikam, blieb ich kurz stehen und legte meine Hand auf die Motorhaube. Sie war kalt, darum wusste ich, dass der Motor schon eine ganze Weile aus gewesen war und Oma einen großen Vorsprung haben musste. Das hatte ich zwar erwartet , aber ich hoffte trotzdem, zu Fuß wieder Zeit gutmachen zu können.

Ich stürmte den dunklen Pfad entlang. Ich hatte es so eilig gehabt, Oma einzuholen, dass ich mir keine Zeit genommen hatte, etwas einzupacken. Jetzt vermisste ich eine

Taschenlampe. Die Nacht hatte den Park von einem vertrauten Freund in einen abweisenden Fremden verwandelt. Die hoch aufragenden Bäume verdeckten den Mond, sodass der Weg völlig finster vor mir lag. Immer wieder stolperte ich über Steine und Baumwurzeln, die plötzlich vor mir auftauchten.

Ich war in solcher Alarmbereitschaft, dass ich jedes noch so kleine, unheimliche Geräusch hörte: das Kritzen und Kratzen unsichtbarer Tiere im Unterholz; das gespenstische Heulen einer Eule; das Knarren eines Baumstamms und andere merkwürdige Geräusche, für die ich keine Erklärung hatte.

Ich erreichte eine Lichtung, die entlang des Wegs lag, und sah nach oben.

Der Mond schien voll und leuchtend durch eine Lücke zwischen den Bäumen. Eine zarte Wolke trieb über den Himmel auf den Mond zu. Ich wurde überwältigt von einem Dejà-vu-Gefühl. Ich hatte die überaus seltsame Ahnung, schon einmal hier gewesen zu sein. Ich schüttelte den Kopf, um den merkwürdigen Gedanken loszuwerden. Nein. Nein. Nein. Das war bestimmt das erste Mal, dass ich meiner von einem Alien besessenen Oma nachts in einem dunklen Wald hinterherjagte.

Warum kam mir dann alles so vertraut vor?

Dann fiel es mir wieder ein. Es war eine Szene aus einem Film, den ich an Halloween bei Elvis gesehen hatte. Der gespenstische Wald in der Nacht, der Vollmond, der arglose Junge, der einen finsteren Weg entlanggeht, ein blutdurstiger Werwolf, der –

Irgendwo in der Dunkelheit raschelten ein paar Blätter. Ich begann zu hyperventilieren.

Wie aufs Stichwort war aus ein paar nahen Büschen plötzlich ein markerschütterndes Jaulen zu hören.

Ich konnte überhaupt keinen vernünftigen Gedanken mehr fassen. Mein Instinkt übernahm die Kontrolle und befahl mir zu rennen. Ich drehte mich um und flüchtete den Weg zurück, ohne darauf zu achten, wo ich hintrat, bis ich mit dem Fuß an einer Wurzel hängen blieb und ungebremst auf den Boden knallte.

Als ich auf dem Weg lag und meinen verdrehten Knöchel umklammerte, warf sich aus dem Schatten eine wolfsähnliche Gestalt auf mich. Ich kniff die Augen zu und öffnete den Mund, um den Schrei auszustoßen, der mir in der Kehle stecken geblieben war.

Das Nächste, was ich spürte, war eine Zunge in meinem Gesicht.

Ich öffnete die Augen wieder und würgte, während ich Hundespucke von meinen Lippen wischte. »Houdini! Was machst du denn hier?«

Houdini wedelte mit dem Schwanz.

Ich rappelte mich auf und belastete versuchshalber meinen Knöchel. Er war verdreht, aber nur ein bisschen. Ich überlegte, ob ich Houdini nach Hause schicken sollte, aber Houdini zu sagen, was er machen sollte, war genauso zwecklos, wie Elvis zu sagen, dass er seine Hausaufgaben vergessen sollte – das würde niemals passieren. Also machte ich mich wieder auf den Weg, erleichtert, dass ich Gesellschaft hatte. Halb laufend, halb humpelnd folgte ich dem Pfad auf der Suche nach meiner Oma. Houdini tapste neben mir her.

Ab der Abzweigung zum Mount Collis schlich ich vorsichtig neben dem Weg entlang, bis ich die Stelle erreichte, an der die Bäume aufhörten und der Pfad in die felsige Bucht mündete. Ich blickte über den silbern glitzernden See hinweg, aber ich blieb im Schutz der Bäume, damit Oma mich nicht bemerkte.

Ich legte mir einen Plan zurecht: Ich würde den Weg wieder ein Stück zurückgehen und mich dann direkt durch den Wald zu den Felsbrocken vorarbeiten, bei denen sich das Raumschiff befand.

Als ich mich umdrehte, erblickte ich hinter mir eine Gestalt. Ich zuckte zusammen und unterdrückte einen weiteren Schrei.

»Psst«, machte die schlanke Silhouette.

»Elvis?«, flüsterte ich, als ich die Stimme erkannte. Ich schlich zu ihm. »Was machst du hier?«

»Ich habe gesehen, wie du mit dem Fahrrad weggefahren bist. Ich möchte dir helfen«, antwortete Elvis.

»Cool«, sagte ich und freute mich, dass er da war. Ich grinste wie ein Idiot. »Wegen vorhin ... du weißt schon.«

»Ja«, sagte Elvis. »Mir auch.«

Ich gab Elvis einen freundschaftlichen Schubs, den er erwiderte. Jetzt konnte uns nichts mehr aufhalten.

Wir waren noch nicht mal einen Schritt weit gekommen, als ich ein schwaches Knirschen von Kies hörte, das von der Wegbiegung direkt hinter uns kam. Jemand bewegte sich auf uns zu. Bevor ich Gelegenheit hatte, Elvis zwischen die Bäume zu ziehen, kam die Person schon um die Ecke spaziert.

»Bill?«, flüsterte ich erstaunt und fragte mich, wer sich zu so später Stunde *noch* alles im Wald herumtrieb. »Was machen Sie denn hier?«

Ich hatte Bill nur an seiner Kleidung erkannt. Sein Gesicht wurde zum großen Teil von einer Art Brille verdeckt. Über einer Schulter trug er eine kleine Stofftasche.

»Er ist wegen mir hier«, erklärte Elvis. »Als ich dich auf deinem Rad davonfahren sah, wusste ich nicht, was ich tun sollte. Da habe ich Bill angerufen und ihn gebeten, mich abzuholen. Ich habe ihm auf dem Weg hierher die ganze Geschichte erzählt.«

»Was ein Glück ist«, sagte Bill düster. »Denn ihr werdet einen Experten brauchen.«

Plötzlich war der Wald von grellem Licht durchflutet. Ich riss einen Arm hoch, um meine Augen zu schützen, und ließ ihn langsam wieder sinken, als ich mich an die blendende Helligkeit gewöhnt hatte. Elvis machte es genauso, aber Bill stolperte mit ausgestreckten Armen herum, als würde er Blindekuh spielen.

»Hilfe!«, rief Bill panisch und stolperte über eine Wurzel. »Ich kann nichts sehen!«

»Bill! Seien Sie still!«, zischte Elvis und packte Bills Arm. »Und nehmen Sie Ihr Nachtsichtgerät ab. Es ist viel zu hell dafür.«

Bill nahm die brillenartige Konstruktion ab und rieb sich die Augen. »Ah ... schon besser«, sagte er erleichtert. »Wo kam dieses Licht her?«

»Das Licht kam vom Raumschiff«, vermutete ich. »Es bedeutet vielleicht, dass es geöffnet wurde. Wir müssen uns beeilen.«

Ich ging voraus, tauchte in die Bäume ein und schlich direkt auf die Lichtquelle zu. Der Boden war dicht mit Tannennadeln bedeckt und ziemlich uneben, aber in dem hellen Schein konnten wir mühelos unseren Weg zwischen den dicht stehenden Kiefern finden.

Als wir näher an die Lichtquelle kamen, ließen wir uns auf alle viere runter und krabbelten weiter. In einer niedrigen Senke am Waldrand versammelten wir uns, und ich versuchte, über den Rand der Senke zu spähen und auszumachen, was los war. Aus der Nähe blendete mich das Licht noch mehr. Ich hob meine Arme schützend vor die Augen, und es dauerte einen Augenblick, bevor ich überhaupt etwas erkennen konnte.

Wir waren nahe an der Ansammlung von Felsbrocken angelangt. Etwa fünfzehn Meter entfernt konnte ich ihre riesigen Umrisse erkennen.

Die Lichtquelle lag in der Mitte der Felsen, wo sich bisher der größte Brocken befand. Ich konnte gerade so die Form eines riesigen Kreisels erkennen.

Oma hatte das Raumschiff enttarnt.

KAPITEL 28

Bill stieß einen leisen Pfiff aus, als er das Raumschiff sah. Ich ließ mich in die Senke fallen und Bill und Elvis taten es mir nach. Ich schaute mich um. Wo war Houdini? Mir wurde bewusst, dass ich ihn nicht mehr gesehen hatte, seit ich die Bucht erreicht hatte. Er musste sich davongestohlen haben, während ich mich gefreut hatte, Elvis zu treffen.

»Wie sieht jetzt der Plan aus?«, fragte Elvis.

»Ich habe eigentlich keinen«, gab ich zu. »Ich dachte, wir stürmen einfach das Schiff und nehmen Oma gefangen.«

Bill sprang auf. »Folgt mir«, sagte er. »Auf einen Augenblick wie diesen habe ich jahrelang hintrainiert. Ich werde euch zeigen, wie man einen Alien zur Strecke bringt – nach Bills Methode!«

Ich wollte ihn gerade ermahnen, meine Oma nicht zu verletzen, da kraxelte er schon aus der Senke und raste direkt auf das Raumschiff zu. Ich muss zugeben, dass mich sein Mut beeindruckte. Elvis und ich wollten ihm folgen, doch wir waren kaum auf die Füße gekommen, da hörten wir einen Rums, als Bill anscheinend im vollen Lauf gegen eine unsichtbare Wand krachte. Sein Körper prallte einfach an der Luft ab und wurde wie eine Stoffpuppe rückwärts zu Boden geschleudert.

Elvis und ich sahen zu Bills reglosem Körper hinüber. Eine Sekunde später hörten wir ihn stöhnen.

»Wow«, sagte Elvis, »ein Kraftfeld. Das ist richtig cool.«

Ich sah mich nach etwas um, womit ich seine Theorie testen konnte. Wurde das Raumschiff wirklich von einem Kraftfeld geschützt?

Bill stöhnte erneut und setzte sich auf.

Ich hob einen Tannenzapfen auf, zielte und schleuderte ihn auf das Raumschiff. Er segelte durch die Luft und krachte gegen dieselbe unsichtbare Wand wie Bill. Entsetzt beobachtete ich, wie der Tannenzapfen in einem merkwürdigen Winkel zurückgeschleudert wurde. Bill bemerkte in seinem benommenen Zustand nicht, dass der Tannenzapfen wie ein Geschoss auf ihn zukam. Bevor ich ihn warnen konnte, traf der Zapfen ihn mitten auf die Stirn. Ich stöhnte gequält auf, als Bill mit einem Seufzen rückwärts ins Gras fiel.

»Kacke«, sagte Elvis und verzog das Gesicht. »Das war Pech.«

Ich hatte ein schlechtes Gewissen, weil ich Bill k. o. geschlagen hatte, aber wir hatten jetzt keine Zeit, uns deswegen Sorgen zu machen.

»Also gut«, überlegte ich, »wenn wir nicht zu dem Schiff gelangen können, dann werde ich versuchen, mit Oma zu reden. Vielleicht kann ich ihr wahres Ich irgendwo erreichen und dabei Xylon umgehen.«

»Ooo-kaaay ...«, meinte Elvis skeptisch, »... und wenn das nicht funktioniert?«

»Während ich mit Oma rede, siehst du nach, was in dieser Tasche ist.« Ich deutete auf Bills Stofftasche. Er hatte sie fallen lassen, bevor er auf das Kraftfeld zugerast war. »Such sein Satellitentelefon und wähl den Notruf. Wir brauchen jemanden, der uns wirklich helfen kann.«

»Okay.«

Ich kletterte aus der Senke und machte ein paar Schritte auf das Raumschiff zu. »Oma!«, rief ich.

Stille.

»Mike«, sagte Elvis leise. »Mike ...«

»Ich bin beschäftigt. Kann das nicht warten?«

»Feuerwehr, Krankenwagen oder Polizei?«, fragte Elvis. »Sie wollen wissen, wen sie schicken sollen.«

»Ah ...« Ich dachte kurz darüber nach. Wer hatte die größte Durchschlagskraft? »Wir brauchen die Armee.«

»Sie haben keine Armee.«

»Frag trotzdem. Vielleicht haben sie eine Armee und hängen es nur nicht an die große Glocke.«

»Okay. Warte ... nein, sie sagen, sie hätten ganz gewiss keine Armee.«

»Also gut«, sagte ich und überlegte. »Dann die Polizei.«

Ich hörte Elvis leise ins Telefon sprechen.

»Oma!«, rief ich noch einmal und hoffte, dass sie dieses Mal antworten würde. Ich wartete.

»Mike«, rief Elvis in die lautlose Nacht.

»Was denn?« Allmählich wurde ich ärgerlich.

»Die Polizei sagt, wenn sie von dieser Telefonnummer noch mehr nervtötende Anrufe wegen angeblicher Aliens bekämen, würden sie Anzeige erstatten.«

»Oh. Na gut ... dann leg lieber auf.«

Wir kamen keinen Schritt vorwärts.

Vielleicht konnten wir das Kraftfeld einfach überklettern? Ich rief Elvis zu mir, und wir überquerten die Lichtung mit ausgestreckten Händen, um das Kraftfeld zu ertasten. Als wir an Bill vorbeikamen, der immer noch bewusstlos am Boden lag, bückte ich mich und fühlte seinen Puls. Nach der gewaltigen Beule auf seiner Stirn zu schließen, würde es noch eine Weile dauern, bis er wieder zu sich kam.

Ich ging weiter, bis meine Hände etwas Festes fühlten. Auf der Suche nach einer Lücke oder Öffnung tastete ich das durchsichtige Hindernis ab. Die Wand fühlte sich glatt und unbeweglich an. Ich kniete mich hin und machte mit meinen Händen eine Räuberleiter, auf die Elvis steigen konnte. Dann schleuderte ich ihn so hoch ich konnte, genau wie mein Dad es früher mit mir im Freibad gemacht hatte.

Elvis suchte in der Luft mit den Händen hektisch nach der Oberkante des Kraftfelds, griff aber ins Leere. Er klatschte seitlich gegen das Feld, glitt herunter und landete hart auf dem Boden, wo er nach hinten kippte.

»Xylon«, schrie ich. »Ich weiß, was du tust. Du musst damit aufhören.«

Ich kniff die Augen zusammen und schaute ins Licht. Alles, was ich sehen konnte, war eine Tür, die ins Innere des Raumschiffs führte. Dann trat Oma in den Türrahmen. Sie sah zu mir herüber.

»Ihr habt mir nachspioniert«, sagte sie und drohte mit dem Finger. »Sehr ungezogen.«

»Du must aufhören«, flehte ich. »Bitte überfall die Erde nicht.«

»Lass mich deine lahme Bitte kurz überdenken«, sagte Oma. Sie legte eine Hand ans Kinn und grübelte eine Sekunde lang. Dann sah sie auf ihre Armbanduhr. »Ups, fast hätte ich es vergessen: Die Wurmlochsequenz wurde bereits aktiviert. Haltet euch besser fest in fünf ... vier ... drei ...«

Oma verschwand wieder im Raumschiff. Eine Sekunde später ertönte ein tiefes Wummern, während ein Tsunami aus Luft wie eine gigantische Schockwelle aus dem Raumschiff schoss. Die Luft durchbrach das Kraftfeld und warf mich um. Ich sah, wie die Baumwipfel hinter mir zur Seite gedrückt wurden und schwankten. Ich hörte die Felsen rumpeln, während der Boden bebte.

Oma erschien wieder in der Raumschifftür, um sich an unserem Elend zu weiden. »Seht nach oben, ihr todgeweihten Erdlinge. Staunt über die Technologie einer Zivilisation, die der euren weit überlegen ist.«

Am Nachthimmel über uns erschien ein winziger schwarzer Punkt, den man nur sah, weil der Himmel drum herum grell erleuchtet war. Der schwarze Punkt wurde größer, das glitzernde Licht zog sich zurück, und an seiner Stelle erschien eine Leere, in der weder Sterne noch Planeten zu erkennen waren. Die dunkle Leere wuchs und wuchs, bis ein Viertel des Himmels wie von einem riesigen schwarzen Auge bedeckt war.

»Jetzt wird mein Planet das Wurmloch an seinem Ende öffnen und ihr werdet meine geliebte Heimat sehen. Den wundervollsten Planeten im Kosmos.«

Während Oma sprach, erschien im Zentrum des schwarzen Auges eine gigantische Kugel. Es war ein Planet, der unserem ähnelte. Er bildete sozusagen die Iris in dem schwarzen Auge und starrte böse auf die Erde herab. *»Seht und staunt: Fettkloß!«*, kreischte Oma.

»Hat sie gerade ›Fettkloß‹ gesagt?«, flüsterte Elvis. »Wer nennt seinen Planeten denn Fettkloß?«

»Das muss ein Übersetzungsfehler sein«, erwiderte ich.

Oma trat aus dem Raumschiff. »Ätsch«, krakeelte sie, als sie im Freien war, dann begann sie ihre knirschenden Hüften und Arme zu schwingen. Ihr Siegestanz tat bestimmt nicht nur beim Zuschauen weh. »Ich werde berühmt sein! Man wird mich verehren! Ich werde unsterblich sein!«, kreischte sie, während sie wild herumhüpfte.

»Wohl eher unbeweglich«, sagte Elvis, als Omas Körper sich plötzlich verkrampfte und ihr Rücken sich in einem merkwürdigen Winkel zur Seite krümmte. Sie jaulte vor Schmerz, als sie sich wieder aufrichtete.

Oma hinkte näher an das Kraftfeld heran, um uns zu verhöhnen. »Erdlinge, das Wurmloch zwischen Fettkloß und Erde wurde geöffnet. Wenn ein Wurmloch erst mal offen ist, kann es nicht mehr geschlossen werden. Natürlich wird die Gravitation es in ein oder zwei Tagen kollabieren lassen, aber bis dahin wird mein Volk seine Reise vollendet haben und hier bei mir auf der Erde sein. Sie bereiten sich gerade darauf vor, Fettkloß in drei Stunden Erdzeit zu verlassen.«

Oma warf die Arme in die Luft und kreischte: »Und ihr könnt nichts tun, um uns aufzuhalten.«

Elvis und ich wechselten besorgte Blicke. Falls Oma die Wahrheit sagte, woran ich nicht zweifelte, dann waren wir dem Untergang geweiht.

»Blöde, schwachsinnige Erdlinge«, höhnte Oma. »Ihr hattet die Gelegenheit, mich aufzuhalten, doch ihr habt sie nicht genutzt. Ihr wart seit Tagen im Besitz des Transplantationsgeräts. Es wäre so einfach gewesen, mich aus diesem Menschenkörper herauszusaugen. Das Gerät ist ganz simpel zu bedienen, aber für eure primitiven Menschenhirne erwies es sich als zu kompliziert.«

»Wir haben es sehr wohl herausgefunden«, fuhr ich sie an, »aber als wir es verwenden wollten, hat es nicht funktioniert. Euer blödes Gerät hat nicht funktioniert.«

»Natürlich funktioniert es«, schnaubte Oma. »Fettkloß-Technologie ist unfehlbar. Sie ist das Produkt einer Ingenieurskunst, die der Erde um Lichtjahre voraus ist. Sie kann nicht versagen. Ihr seid es, die versagt habt.« Mit diesen Worten drehte Oma uns den Rücken zu. Murmelnd und kichernd ging sie zurück in den hellen Lichtschein, der das Raumschiff umgab.

Ohne Vorwarnung erlosch das Licht des Raumschiffs. Die plötzliche Dunkelheit machte uns so blind wie zuvor das Licht.

Das Erste, was ich bemerkte, als meine Augen sich daran gewöhnt hatten, war, dass das Raumschiff weg war. Stattdessen stand dort zwischen den anderen Brocken wieder der riesige Felsen. *Wo war Oma?*

Ich entdeckte ihre dunkle Silhouette unten am See. Sie stützte sich mit einem Arm auf den Gehstock, während sie mit dem anderen ausholte. In ihrer geschlossen Hand glitzerte etwas, bevor sie es in das schwarze Wasser warf. Es platschte, dann war alles still. Oma drehte sich um und ging zurück zum Weg.

»Lebt wohl, Erdlinge«, rief sie. »Genießt eure letzten Augenblicke in Freiheit. Ich suche mir einen neuen Menschen. Dieser hier ist eines Helden wie mir nicht würdig.«

Oma verschwand zwischen den Bäumen.

Ich schätzte, wenn Xylons Leute erst einmal hier waren, konnte Xylon sich jeden Körper aussuchen, der ihm gefiel. Und wenn sie Xylon aus Oma herausgeholt und in den

Heldenkörper hineingebeamt hatten – was würde dann aus meiner Oma werden?

»Sollen wir sie verfolgen?«, fragte Elvis.

Ich schüttelte den Kopf. »Nein, es ist sinnlos.«

Ich wusste, wann ich verloren hatte.

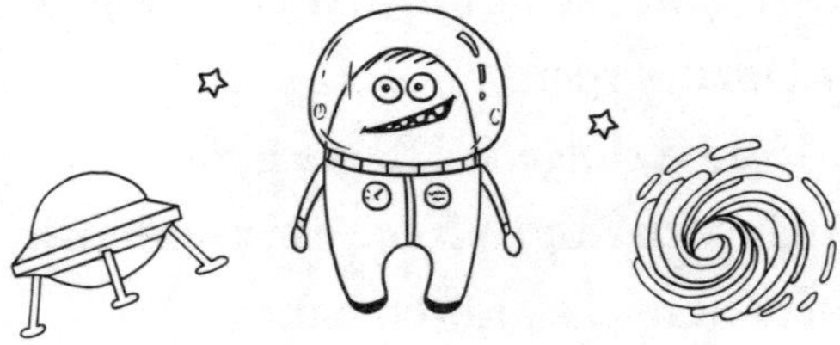

KAPITEL 29

Hinter uns im Gras war lautes Stöhnen zu hören. Bill kam zu sich. Elvis und ich hockten uns neben ihn und halfen ihm in eine sitzende Position.

»Was ist passiert?«, fragte Bill und sah sich benommen um. »Wo ist das Raumschiff?«

»Sie sind in ein Kraftfeld geknallt und haben das Bewusstsein verloren«, erwiderte ich. Aus meiner Sicht gab es keinen Grund, den Tannenzapfen zu erwähnen. »Es ist uns leider nicht gelungen, den Alien daran zu hindern, das Wurmloch zu öffnen. Sie können es dort oben sehen.« Ich deutete auf das Auge im Himmel. »Wir können nichts mehr dagegen unternehmen.«

»Na, da brat mir doch einer einen Storch.« Bill legte den Kopf in den Nacken, um das Wurmloch zu bestaunen. »Wie lange bleibt uns, bis SIE eintreffen?«

»Sie verlassen ihren Heimatplaneten in drei Stunden. Sie

haben ein oder zwei Tage Zeit, um herzukommen, denn danach kollabiert das Wurmloch«, erklärte ich.

Bill starrte zu dem bedrohlichen Auge am Himmel hinauf. »Das bedeutet Alarmstufe Rot«, sagte er ernst. »Ich habe mich seit Jahren auf so eine Situation vorbereitet. Was für ein Glück, dass ich in meinem Garten einen geheimen Kellerbunker gebaut habe. Ich bevorrate darin Tausende Büchsen mit gebackenen Bohnen. Der Platz und die Nahrung reichen für drei Personen, um viele Jahre zu überleben. Ihr könnt mir gerne Gesellschaft leisten. Wir bilden eine Untergrundbewegung, die Widerstand gegen die außerirdischen Besetzer leistet.«

»Und was ist mit unseren Familien?«, erkundigte sich Elvis.

»Kein Platz«, sagte Bill. »Tut mir leid. Wir müssen sie eben retten, wenn es uns möglich ist.«

»Und wie wollen wir das anstellen?«, fragte Elvis.

Bill und ich zuckten ratlos die Schultern.

»Dachte ich mir«, sagte Elvis ruhig. »Ich kann Ihr Angebot leider nicht annehmen, wenn ich meine Familie im Stich lassen muss.« Elvis saß mit überkreuzten Beinen und gekrümmtem Rücken im Gras und ließ das Gesicht in die Hände sinken.

»Die Chancen, eure Familien zu retten, stehen meiner Ansicht nach besser, wenn ihr nicht von Aliens besessen seid«, sagte Bill, »aber das müsst ihr selbst entscheiden.« Als Elvis nicht antwortete, stand Bill auf und ging seine Tasche holen, die am Waldrand lag.

Ich saß mit angezogenen Knien im Gras, legte den Kopf auf die Arme und versuchte nachzudenken. Es war nicht einfach, die Ereignisse der letzten Tage auf die Reihe zu bringen. Es war alles viel zu verrückt, zu unmöglich. Selbst jetzt erschien mir nichts davon real. Und bald würde alles vorbei sein.

Eine nasse Nase drückte sich gegen meinen nackten Arm. Ich sah auf. Houdini war zurückgekehrt. Er sprang vor mir auf dem mit Gras bewachsenen Abhang herum und wirkte sehr zufrieden mit sich selbst. Er bellte kurz und tauchte den Kopf ins Gras.

»Geh weg, Houdini«, sagte ich und ließ mein Kopf wieder auf meine Arme sinken. »Igitt, du bist ganz nass … Und ich bin nicht in Stimmung zu spielen.«

Aber Houdini machte nie, was man ihm sagte. Er bellte verspielt und drückte seine Schnauze wieder gegen meinen Arm. Verärgert seufzte ich und wollte ihn wegschieben, aber Houdini legte sich vor mir auf den Bauch und streckte die Vorderbeine aus. Zwischen seinen Pfoten lag etwas … etwas, das ich werfen sollte, damit er es holen konnte… etwas Helles und Glitzerndes, das mich fast zum Lachen brachte.

Houdini hatte den Alienator aus dem See gefischt!

»Hey, sieh dir das an«, sagte ich zu Elvis, als ich den Alienator hochhob. Houdini sprang hin und her und wartete ungeduldig darauf, dass ich das Ding warf.

Elvis blickte auf. Als er sah, was ich in der Hand hielt,

lächelte er mutlos. »Du könntest ihn genauso gut für Houdini werfen. Zu etwas anderem ist der sowieso nicht mehr gut.«

»Oma war sicher, dass er noch funktioniert«, entgegnete ich. »Wenn wir ihn in Gang kriegen, könnten wir ihn mit in unser Versteck nehmen. Dann können wir unsere Undercover-Mission starten und nach und nach alle Menschen befreien.«

»Großartige Idee«, antwortete Elvis. »Es gibt ja nur sieben Milliarden Menschen auf der Welt. Im Nu haben wir alle gerettet.«

»Du hast recht.« Ich seufzte und drehte den Alienator ein paar Mal in den Händen. »Es würde ewig dauern, jede einzelne Person zu befreien.«

Wir verfielen wieder in Schweigen. Ich starrte weiterhin den Alienator an und wiederholte in meinem Kopf diesen einen Satz: jede einzelne Person ... jede einzelne Person ...

»Aha!«, rief ich und sprang auf die Füße. »Jetzt weiß ich, wieso das Gerät nicht funktioniert!«

»Dann schieß los«, sagte Elvis.

»Jede einzelne Person«, sagte ich. »Ich glaube, der Alienator kann immer nur eine Person speichern. Wir haben den Bullen eingesaugt, aber nicht mehr rausgelassen. Darum konnten wir Xylon nicht aus Oma raussaugen – ich wette, wenn wir nicht vorher den Bullen aufgesaugt hätten, wäre es uns gelungen.«

»Oh, mir gefällt deine Art zu denken.« Elvis kam auf die

Füße. »Und es sollte ein Leichtes sein, deine Theorie zu testen.«

Elvis schaute sich um, und sein Blick blieb an Bill hängen, der seine Stofftasche geholt hatte und jetzt den Raumschiff-Felsen untersuchte. Elvis deutete mit dem Kopf in seine Richtung.

»Auf keinen Fall«, sagte ich. »Ich werde den Bullen nicht in Bill implantieren.«

Houdini bellte, um mich auf sich aufmerksam zu machen, weil er »Stöckchen holen« spielen wollte. Elvis sah ihn bedeutungsvoll an.

Ich schüttelte den Kopf.

»Jetzt sei nicht so wählerisch«, sagte Elvis. »Beeil dich und entscheide dich für jemanden. Ich möchte als Ausrüstung für den Bunker noch Schokokekse und Lufterfrischer holen. Wir werden eine Abwechslung zu den gebackenen Bohnen und etwas gegen die Nebenwirkungen brauchen.«

»Dann kommst du also doch in Bills Bunker mit?«, fragte ich. »Ohne deine Familie?«

Elvis nickte. »Ja, falls du recht hast und der Alienator funktioniert. Dann haben wir die Chance, unsere Familien zu befreien, sobald die richtige Zeit dafür gekommen ist.«

Ich ging zum Ufer. Manchmal schliefen dort Enten, aber an diesem Abend sah ich keine einzige. Falls vorhin noch welche da gewesen waren, hatten das Licht und der Krach vom Raumschiff sie verscheucht. Ich bemerkte ein Geräusch, das mir bisher noch nicht aufgefallen war, weil es ständig da war, wie Grillenzirpen im Sommer. Es handelte sich um das beständige Quaken der Frösche, die am See wohnten. Am lautesten klang das Quaken in der Nähe des Schilfs am Ende der Bucht. Ich schlich so leise wie möglich auf das Schilf zu, doch als ich einen knappen Meter entfernt war, erstarb das Geräusch schlagartig und ich konnte keinen einzigen Frosch sehen.

Ich hatte kein direktes Ziel und nichts zu verlieren. Also richtete ich den Alienator auf das Schilf und drückte die linke Kerbe in der Hoffnung, dass der Strahl des Alienators sich automatisch auf das Ziel ausrichten würde. Nichts geschah. Ich bewegte den Arm ein wenig von Seite zu Seite. Ich war nicht sicher, ob es funktionieren würde, darum schrie ich überrascht auf, als gelbes Licht aus dem Alienator schoss.

Das gelbe Licht floss in das Schilf und legte sich um eine ahnungslose Kreatur, die sich darin verbarg. Ich konnte mir nur vorstellen, wie ihre Haut Blasen warf, die aufplatzten, während der Geist des Bullen von ihr Besitz ergriff.

Elvis kam zu mir. Wir beobachteten das gelbe Licht, bis es erlosch.

Viele Sekunden verstrichen, während wir schweigend darauf warteten, dass etwas passierte.

»Geh und sieh im Schilf nach«, schlug Elvis vor.

»Sieh du nach«, sagte ich.

Elvis schüttelte den Kopf.

»Dann losen wir. Schere, Stein, Papier.« Ich hob eine Faust. »Der Verlierer sieht nach. Eins ... zwei ... drei.«

Bei »drei« formten wir beide mit den Händen eine Schere. Unentschieden. Als wir die Fäuste hoben, um erneut zu spielen, war ein leises Ploppen zu hören, als etwas aus dem Schilf sprang und auf einem nahen Stein landete. Wir ließen die Fäuste sinken und drehten uns um. Auf dem Stein saß ein grüner Frosch, etwa so groß wie meine Faust, und glotzte uns an. Elvis und ich starrten zurück.

»Ist das ein Grasfrosch?«, fragte Elvis. »Oder ist es ein Gras fressender Bulle in einem Frosch?«

»Hast du jemals gesehen, dass ein Frosch sich so verhält?«, fragte ich. Elvis schüttelte den Kopf.

Dann sprang der Frosch ohne Vorwarnung hoch und auf Elvis' Gesicht zu. Elvis schrie. Er hob eine Hand und schlug den Frosch mitten im Flug weg. Der Frosch überschlug sich mehrfach und landete mit einem Platscher auf dem Boden. Völlig unbeeindruckt kam er wieder auf die Füße und fixierte Elvis mit einem bösen Blick aus seinen Glupschaugen. Er scharrte mit den Füßen und senkte den Kopf.

»Ich hau ab«, sagte Elvis und wich hastig zurück. »Ich habe Frösche noch nie gemocht. Aber jetzt kann ich offiziell sagen, dass ich eine Froschphobie habe.«

»Wir sollten zum Bunker gehen«, sagte ich und behielt den Frosch im Auge, während ich mich von ihm wegbewegte. Ich hätte es nicht zugegeben, aber mir war der Frosch auch nicht geheuer. Ich steckte den Alienator in die Tasche.

»Bill«, rief ich, als wir den Weg entlangeilten. Bill, der keine Ahnung hatte, was eben passiert war, sah hinter einem Felsen hervor. »Planänderung. Wir leisten Ihnen im Bunker Gesellschaft. Gehen wir.«

Ich sah mich nach Houdini um, aber er war wieder einmal verschwunden. Also machten Bill, Elvis und ich uns ohne ihn auf den Weg zum Parkplatz.

KAPITEL 30

Als wir den Parkplatz erreichten, war Omas Auto fort. Ich sah auf die Uhr. Es war zehn. Das Wurmloch hatte sich vor fünfundvierzig Minuten geöffnet, somit blieben uns noch zwei Stunden und fünfzehn Minuten, bis die Aliens Fettkloß verließen. Das Problem war, dass wir nicht wussten, wie lange es dauern würde, bis sie die Erde erreichten. Sie könnten Stunden, Minuten oder nur Sekunden dafür brauchen. Um auf der sicheren Seite zu sein, mussten wir um fünfzehn Minuten nach Mitternacht im Bunker sein, wenn die Aliens ihren Planeten verließen.

Unser Plan für die nächsten Stunden war einfach. Zuerst würden wir zu mir nach Hause gehen. Falls Oma nicht dort war, würden wir ein paar Vorräte einpacken: Kleidung, Schlafsäcke, Essen, Taschenlampen und Unmengen Klopapier. Elvis hatte seiner Mutter gesagt, dass er bei mir übernachten würde, darum konnten wir nicht zu ihm gehen. Danach würden wir uns schnurstracks in Bills Kellerbunker begeben.

Bill setzte sich auf sein Motorrad und Elvis setzte sich in den Beiwagen, während ich mein Fahrrad aus dem Versteck holte. Sie ratterten davon in Richtung Pinehaven. Ich warf einen besorgten Blick zum Himmel und folgte ihnen.

Die Felder rauschten verschwommen an mir vorbei, während ich nach Hause radelte. In meinem Kopf überschlugen sich die Gedanken. In der Ferne sah ich die Lichter von Pinehaven. Ich kam an dem Feld vorbei, auf dem der Bulle gestanden hatte, dann an den Feldern gegenüber Bills alter Farm, bog um eine Ecke und überholte beinahe Bill und Elvis, die an den Straßenrand gefahren waren. Bill hatte seinen Scheinwerfer ausgeschaltet.

Quietschend kam ich neben ihnen zum Stehen. Wenn Bills Motorrad kaputt war, dann hatten wir ein ernstes Problem. Zu Fuß war es viel zu weit nach Pinehaven. Wir würden es niemals rechtzeitig schaffen.

»Was ist los?«, erkundigte ich mich.

Bill deutete die Straße entlang, die sich kilometerweit vor uns erstreckte. In weiter Ferne, sodass es aussah wie ein Spielzeugauto, parkte Omas Auto am Straßenrand.

»Ich habe vergessen, euch etwas zu erzählen«, sagte Elvis, »weil ich in der ganzen Aufregung selbst nicht mehr daran gedacht hatte.«

»Was hast du vergessen?«

»Die Bananen«, sagte Elvis. Er holte seinen Rucksack aus

dem Beiwagen und zeigte ihn mir. »Erinnerst du dich an die Bananen in meinem Rucksack?«

»Klar.«

»Nun, als Bill und ich früher am Abend am Parkplatz ankamen und ich wartete, bis er die Sachen in seiner Tasche sortiert hatte, habe ich diese Bananen beim Auto deiner Oma in den Auspuff gesteckt. Ich dachte, dass es vielleicht nötig sein könnte, sie aufzuhalten. Wenn man den Auspuff blockiert, kann es sein, dass der Motor abgewürgt wird. Ich war mir nicht hundertprozentig sicher, ob es funktionieren würde, aber so wie es aussieht, hat es tatsächlich geklappt.«

»Klasse«, sagte ich und blickte über die mondbeschienene Straße zu dem kleinen Auto. Ich klatschte Elvis ab und griff mit der anderen Hand in meine Tasche, wo ich nach dem Alienator tastete. Es war vielleicht zu spät, die Welt zu retten, aber ich hoffte, dass es nicht zu spät war, Oma zu retten und dem arroganten Alien die Show zu verderben.

»Wartet hier«, sagte ich, als ich den Alienator aus der Tasche zog. Ich klemmte ihn fest zwischen meine Hand und den Fahrradlenker, dann machte ich mich entschlossen auf den Weg.

Mit jeder Umdrehung der Pedale kam ich Omas Auto näher, bis ich ihre Umrisse auf dem Fahrersitz erkennen konnte. Nachdem ihr Auto den Geist aufgegeben hatte, war sie darin sitzen geblieben. Sie konnte den weiten Weg in die Stadt nicht zu Fuß gehen, und sie hatte kein Handy, darum konnte sie keine Hilfe holen. Oma sagte immer, dass sie nicht an Handys glaubte, als wären sie so etwas wie die Zahnfee. Ich habe das nie so richtig kapiert.

Lange bevor ich das Auto erreichte, wusste ich, dass das Fenster auf der Fahrerseite geöffnet war, denn Omas Fluchen war meilenweit zu hören. Das kleine Auto hüpfte auf seinen schmalen Reifen, als sie das Lenkrad mit den Fäusten bearbeitete. Sie war so wütend auf das kaputte Auto, dass sie mich erst bemerkte, als ich nur noch einen Steinwurf von ihr entfernt war.

Ich hielt neben Omas Auto und stellte meine Füße auf den Asphalt. Während ich das Fahrrad zwischen den Beinen balancierte, hielt ich den Alienator zwischen meiner Hand und dem Lenker verborgen. Ich sah sie an. »Hallo, Oma. Schöner Abend für eine Spazierfahrt.« Mit der freien Hand grüßte ich sie vergnügt.

Oma sah mich mit zusammengekniffenen Augen an. »Nicht du schon wieder«, grunzte sie gelangweilt. »Fahr weiter und hol jemanden, der mir helfen kann. Vielleicht lege ich dann bei meinen Leuten ein gutes Wort für dich ein. Und falls nicht ...? Tja, wer weiß, was dann aus dir werden wird.« Sie bekräftigte ihre Drohung mit einem fiesen Lächeln.

Während Oma redete, hatte ich meinen Finger sorgfältig auf die rechte Kerbe gelegt. Ich hob den Alienator und deutete damit direkt auf Omas Kopf. Es dauerte einen Augenblick, bis sie schnallte, was ich da in der Hand hielt.

Sie riss die Augen auf und ihr Ausdruck wechselte von verärgert zu verächtlich. »Ich habe das Ding in den See geworfen! Wie kann so ein schwachsinniger –«

Zap! Ich hatte keine Lust, mir noch mehr von Xylons Beleidigungen anzuhören. Ich drückte auf die Kerbe.

Und da wir den Bullen entfernt hatten, funktionierte der Alienator diesmal. Ein gelber Nebel trat aus und umhüllte Omas Körper. Xylons echsenartiger Geist erhob sich aus Omas Körper und glitt durch das Autodach, bis er darüberschwebte. Dann wurde er im Nullkommanix vom Alienator eingesaugt.

Eine gespenstische Stille legte sich über alles. Ich drehte mich um und winkte Bill und Elvis zu.

Als ich mich zurückdrehte, sah Oma immer noch aus dem Seitenfenster. Auf ihrem Gesicht lag noch der verächtliche Ausdruck, der aber rasch völliger Verwirrung wich.

»Was in aller Welt mache ich hier?«, fragte Oma mit schwacher Stimme. »Ich hatte einen absolut grässlichen Traum ... und dann bin ich plötzlich hier aufgewacht.« Sie sah sich verstört um. »Ich bin doch nicht etwa schlafend Auto gefahren?«

»Äh ... nicht direkt.« Ich suchte nach den richtigen Worten. *Aber wie erzählt man seiner Oma, dass sie von einem Alien besessen gewesen ist?*

»Es ist seltsam, dass ich mich an alles erinnere, was in meinem Traum passiert ist«, fuhr Oma fort. »Ich bin zum Abendessen zu euch gegangen. Als ich euren Garten betrat, hast du mit etwas auf mich gezielt. Von da an habe ich die merkwürdigsten Sachen gemacht.«

Oma hielt inne. Ich glaube, sie rief sich alles ins Gedächtnis, was sie in den letzten Tagen getrieben hatte. Sie erschauderte. »Es fühlte sich an, als wäre ich ein Passagier in meinem eigenen Körper gewesen. Ich konnte sehen, fühlen und denken, aber ich hatte keine Kontrolle über das, was ich tat, und keine Ahnung, wieso ich es tat.«

Bills Motorrad kam mit quietschenden Reifen neben mir zum Stehen. Elvis sprang aus dem Beiwagen und rannte zu Omas Auto. »Geht es ihr gut?«, fragte er und schaute durch das Fenster zu ihr rein. »Wir haben das gelbe Licht und Xylons Geist gesehen.«

»Ja, ich glaube, sie ist in Ordnung«, sagte ich.

»Nein«, sagte Oma. Sie fuchtelte mit den Händen herum und hob aufgeregt die Stimme. »Ich bin überhaupt nicht in Ordnung. Bringt mich ins Krankenhaus. Ich habe eine entsetzliche Geisteskrankheit. Ich habe keine Kontrolle über mich. Ich esse Spinnen! Wer weiß, was ich als Nächstes anstelle.«

Bill, Elvis und ich wechselten Blicke. Bill tippte sich aufs Handgelenk, um mich daran zu erinnern, dass uns die Zeit davonlief.

»Oma, erinnerst du dich an das Raumschiff?«, fragte ich.

Oma nickte vage.

»Erinnerst du dich daran, dass du mit einer Echse in deinem Fernseher gesprochen hast?«

Oma dachte kurz nach und nickte erneut.

»Dann musst du mir jetzt glauben. Du bist nicht verrückt. Du warst in den letzten Tagen von einem Alien besessen, und das ist einzig meine Schuld. Als ich mit diesem Ding auf dich gezeigt habe ...«, ich hielt den Alienator hoch, damit sie ihn sah, »da wusste ich nicht, was das für ein Gerät ist und was sich darin befand. Ich habe, ohne es zu wollen, einen Außerirdischen namens Xylon in deinen Körper gebeamt. Es ist mir jetzt erst gelungen, ihn wieder herauszusaugen.«

Oma hob die Augenbrauen und wollte mir mit dem Zeigefinger drohen. Ich dachte, sie würde mir einen Vortrag halten, dass es sich nicht gehörte zu schwindeln. Aber dann ließ sie den Finger wieder sinken und dachte angestrengt nach.

»Habe ich wirklich sechstausend Dollar für neumodische elektronische Geräte ausgegeben?«, fragte sie.

»Ja«, erwiderte ich. »Sie sind in deinem Wohnzimmer.«

»Oh nein«, ächzte Oma. »Ich habe das Geld doch für eine Karibikkreuzfahrt mit meiner Freundin Biddy gespart. Glaubst du, ich kann alles zurückgeben und mir das Geld erstatten lassen?«

»Äh ... keine Ahnung. Vielleicht.« Ich zuckte die Schultern. »Hör mal, Oma, wir haben im Moment ein größeres Problem. Erinnerst du dich daran, dass du ein Wurmloch geöffnet hast, das einer außerirdischen Spezies morgen eine Invasion der Erde ermöglicht?«

Oma dachte angestrengt nach. »Ich erinnere mich daran, dass der Echsenmann etwas von einem Wurmloch gesagt hat, das geöffnet werden muss, aber ich wusste nicht, wovon er spricht. Als ich aufwuchs, gab es keine Handys und Mikrowellen und ganz bestimmt keine Wurmlöcher. Früher war alles viel einfacher.«

»Oma, ein Wurmloch ist eine Abkürzung durchs Weltall. In genau diesem Augenblick plant eine komplette außerirdische Spezies eine Invasion der Erde. Und morgen werden sie durch das Wurmloch kommen, das du – ich meine Xylon – geöffnet hast.« Ich deutete auf das Wurmloch am Himmel. »Schau, du kannst es sehen.«

»Ach du liebe Zeit«, sagte Oma besorgt. »Das klingt ja katastrophal.«

»Das ist es auch«, warf Bill ein, der noch immer auf seinem Motorrad saß. »Darum müssen wir uns verstecken. In meinem Bunker ist noch Platz für eine weitere Person, falls Sie sich uns anschließen wollen.«

Oma warf einen überraschten Blick auf Bill mit seinem zerbeulten Helm und der Pilotenbrille. Anscheinend hatte sie ihn gerade erst bemerkt. »Sind das Sie, William Morrison?«

»Ja, Ma'am«, antwortete Bill höflich.

»Du liebes bisschen.« Oma nickte und schürzte die Lippen. »Jahrelang haben alle Sie für verrückt gehalten, weil Sie ständig von einer Invasion der Außerirdischen geschwafelt haben. Und nun sieht es ganz so aus, als hätten Sie doch keinen an der Waffel.«

Bill sah über Omas Worte hochzufrieden aus. Doch egal, was Oma sagte, ich vermutete, dass Bill nicht alle Tassen im Schrank hatte, aber das behielt ich für mich.

»Danke, Ma'am«, sagte Bill und deutete eine Verbeugung an, als hätte Oma ihm gerade das größte Kompliment der Welt gemacht. »Ich weiß das sehr zu schätzen.«

»Wir müssen los«, erklärte ich Oma, aber ich machte mir Sorgen um sie, denn sie war schrecklich blass. »Kannst du fahren?«

»Ich glaube schon. Es ist ja nicht weit«, sagte Oma unsicher. »Ich könnte allerdings eine Tasse Tee gebrauchen. Mir ist schwindlig und ein bisschen schlecht.«

Und in dem Moment begann in meinem Kopf eine Idee Gestalt anzunehmen. Als ich da auf der langen, schnurgeraden Straße im Mondlicht und im Schatten eines Wurmlochs stand und glaubte, alles sei verloren, hatte ich einen Einfall, der uns alle retten könnte.

Vielleicht.

KAPITEL 31

Uns blieb nicht viel Zeit. Das Wurmloch hatte sich vor über einer Stunde geöffnet. Ich schilderte den anderen rasch meine Idee. Da die einzige Alternative darin bestand, die nächsten Jahre in Bills Bunker bei gebackenen Bohnen zu überdauern, waren alle der Ansicht, dass es einen Versuch wert sei. Ich warf mein Fahrrad ins hohe Gras neben der Straße, zog die matschigen Bananen aus dem Auspuffrohr von Omas Auto und stieg ein.

Elvis quetschte sich wieder in den Beiwagen von Bills Motorrad, dann fuhren wir mit unterschiedlichen Zielen los. Ich fuhr mit Oma in ihrem ruckelnden, stotternden Auto zu ihr nach Hause, während Elvis und Bill ein paar Sachen bei Elvis holten. Elvis musste ins Haus und wieder hinaus gelangen, ohne dass seine Eltern ihn bemerkten. Wir wollten uns danach so schnell wie möglich bei Oma treffen.

Als wir bei ihrem Zuhause ankamen, hatte sich Omas Laune ein wenig gehoben. Wahrscheinlich hatte der Schock darüber, von einem Alien besessen gewesen zu sein, sie anfangs ziemlich überwältigt. Als sie jedoch in ihr Wohnzimmer ging und das ganze teure elektronische Equipment herumliegen sah, stieß sie einen Schrei aus.

»Oh nein!«, rief sie. »Mir fällt gerade wieder ein, dass Xylon mich die ganzen Verpackungen wegwerfen ließ. Das macht es fast unmöglich, alles im Laden zurückzugeben. Meine Urlaubspläne sind zerstört.« Dann wurde sie wütend. »Warte nur ab, wenn ich diese kaufwütigen Aliens in die Finger kriege!«

»Dazu bekommst du bald Gelegenheit, Oma«, sagte ich. »Aber jetzt müssen wir uns vorbereiten.«

»In Ordnung. Ziehen wir es durch.« Mit entschlossener Miene ging Oma in ihr Schlafzimmer. Ich wartete am Esstisch und drehte Däumchen.

Zwanzig Minuten später klopfte es an der Haustür. Ich hörte, wie Oma aus dem Schlafzimmer ging, um zu öffnen. Dann kam sie mit Elvis und Bill ins Wohnzimmer zurück. Elvis hatte beide Arme voll. Er ließ die Ladung auf den Esstisch fallen und sah Oma mit kritischem Blick an.

»Entschuldigen Sie, wenn ich das sage«, meinte er zu Oma, »aber Sie sehen entsetzlich aus.«

»Danke«, erwiderte Oma.

Elvis breitete die Sachen aus, die er mitgebracht hatte.

Darunter waren die externe Festplatte mit den Aufnahmen von Xylons Übertragungen und ein kleiner Laptop. Er stöpselte die Festplatte ein und fuhr den Laptop hoch.

Bill sah auf seine Armbanduhr. Er hatte keine andere Aufgabe, darum war er dafür zuständig, dass wir den Zeitplan einhielten. »Wir haben noch eine Stunde, Leute. Also los.«

Ich atmete ein paarmal tief durch und versuchte meine Eingeweide zu entknoten.

»Ich sehe mir noch ein letztes Mal die Aufzeichnungen an«, sagte Elvis.

»Okay«, antwortete ich, »aber beeil dich. Falls unser Plan versagt, muss uns noch genug Zeit bleiben, um zum Bunker zu gelangen.«

Elvis rief die Aufzeichnungen auf und sah sich den Teil an, den wir brauchten, während Bill ihm über die Schulter blickte. Als der Kommandant der Aliens auf dem Monitor erschien, quollen Bill fast die Augäpfel aus dem Kopf. Es war das erste Mal, dass er einen echten Alien sah. Er bekam allerdings nicht viel mit, denn Elvis hielt die Aufnahme kurz darauf an.

»Ich bin so weit«, sagte Elvis.

»Oma?«, fragte ich.

»Ja, ich bin bereit«, sagte sie und strubbelte sich durch die Haare.

»Und du weißt, was zu tun ist?«, fragte ich sie.

»Ja, Schatz«, antwortete sie. »Mach dir keine Sorgen. Ich

habe Übung. Ich habe mal in einer Schulaufführung den Romeo gespielt.«

»Sie meinen die Julia«, verbesserte Elvis sie.

»Aber nein, Junge«, sagte Oma. »Es war eine reine Mädchenschule. Jungs hatten keinen Zutritt. Ich war Romeo.«

Oh Mann. Eine Aufführung von »Romeo und Julia« nur mit Mädchen. Das war vielleicht uncool.

»Noch fünfzig Minuten«, ließ Bill vernehmen.

Elvis machte sich ans Werk. Er schaltete die Ausrüstung im Wohnzimmer in genau der Reihenfolge an, wie er es in der Aufnahme gesehen hatte. Ich führte Oma in die Mitte des Zimmers und zeigte ihr, wo sie stehen und in welche Richtung sie schauen sollte, dann zeigte Elvis Oma, welchen Knopf sie als Nächstes drücken sollte.

Elvis, Bill und ich verzogen uns zur Tür, die in den Flur führte, damit die Kamera uns nicht erfasste. Gebannt beobachteten wir, wie Oma mit einem letzten Knopfdruck den Ball ins Rollen brachte.

Wir hatten eine Live-Schaltung zu Fettkloß.

Oma wirkte angespannt und warf uns aus dem Augenwinkel einen Blick zu. Ich zeigte ihr den hochgereckten Daumen. Sie war wirklich ein grauenhafter Anblick. Ihre Haut war wachsbleich, ihre Augenhöhlen dunkel und ihre Haare total zerzaust. Sie hatte sich toll zurechtgemacht. Alles lief genau nach Plan.

»Xylon«, dröhnte die Stimme des Kommandanten aus dem Fernseher. »Was soll diese unplanmäßige Kontaktaufnahme? Wir sind bei den letzten Vorbereitungen für die Invasion der Erde. Was willst du?«

Oma starrte wie hypnotisiert auf den Bildschirm. Das Schweigen dehnte sich aus.

»Äh ...«, sagte Oma mit zitternder Stimme.

Elvis warf mir einen entsetzten Blick zu. Es sah ganz danach aus, als hätte Oma massives Lampenfieber, vielleicht war es aber auch die ganz normale Angststarre, die einen beim Anblick einer außerirdischen Echse befiel. Mein Magen verknotete sich immer mehr.

Oma gewann ihre Fassung zurück. »Ich bin es, Xylon«, plapperte sie los und streckte in einer dramatischen Geste die Hände aus.

»Ich weiß, wer du bist«, sagte der Kommandant. »Worum geht es?«

»Ich habe mir einen Erdenvirus eingefangen«, erklärte Oma mit großer Geste. Sie fasste sich an die Brust und hustete gepresst. »Es ist auf der Erde für uns nicht sicher. Wir müssen die Invasion abblasen oder wir werden alle sterben.«

Elvis sah mich an und schüttelte den Kopf. Omas überzogene Darstellung war nur schwer zu ertragen.

»Tatsächlich!«, sagte der Kommandant. »Der Rekrut, der nach Cintaro geflogen ist, blutete aus den Augen, bevor er verstarb. Hast du dieses Symptom auch beobachtet?«

»Äh ... nein«, sagte Oma und zwinkerte ein paarmal, als würde sie versuchen, ein paar blutige Tränen herauszuquetschen, »aber ich habe einen grässlichen Husten.«

Sie hustete erneut.

»Und seine Finger sind abgefallen, einer nach dem anderen. Hast du vielleicht dieses Symptom gezeigt?«

»Nein«, sagte Oma, schloss die Hände und versteckte sie hinter dem Rücken. »Allerdings habe ich grauenhafte Kopfschmerzen.«

»Er hatte so hohes Fieber, dass sich seine gesamte Haut abgeschält hat.«

Der Kommandant klang allmählich etwas genervt. Ich unterdrückte ein Stöhnen.

»Nein«, erwiderte Oma, »ich ...«

Oma hatte keine abstoßenden Symptome, die sie dem Kommandanten zeigen konnte. Wir hatten nicht genug Zeit für die Vorbereitungen gehabt, und Oma fiel nichts mehr ein, was sie sagen konnte. Sie war wie ein Kind, das in der Schule von seinen Ferien erzählen sollte, und sich nicht einmal mehr erinnerte, wo es gewesen war. Blinzelnd starrte sie auf den Teppich.

Wir waren verloren.

Dann hatte Oma einen unerwarteten Einfall. Sie ließ sich auf die Knie fallen, griff sich an die Brust und rief mit erstickter Stimme: »Autsch. Mein Herz!« Blut lief ihr aus dem Mundwinkel und das Kinn hinab.

»Xylon?« Der Kommandant klang nun ein wenig beunruhigt.

Zum ersten Mal seit Beginn der Übertragung fühlte ich eine Spur Hoffnung. Vielleicht würde die Kapsel mit

Kunstblut, auf die Oma gerade gebissen hatte, ausreichen, um das Blatt zu wenden.

Oma schwankte unsicher auf ihren Knien. Sie schlug flehend die Hände zusammen. Blut tropfte von ihrem Kinn auf den Teppich. Ihre Augen verdrehten sich nach oben. Die Sache entwickelte sich ausgezeichnet.

Aber meine Hoffnung hielt nicht lange. Mit bebender Altfrauenstimme begann Oma zu deklamieren: »Hier, hier will ich bleiben, bei den Würmern, die deine Kammermädchen sind.«

Ich schüttelte den Kopf, weil ich nicht kapierte, was sie damit sagen wollte. Welche Würmer? Was für Kammermädchen? Das gehörte nicht zu unserem Plan.

Lautlos formte ich das Wort »Schnitt!« und durchschnitt aufgeregt mit der Hand die Luft. »Schnitt!«

Aber Oma sah nicht in meine Richtung. Sie war nicht zu bremsen und fuhr unbeirrt mit ihrem seltsamen Gerede fort. »Hier will ich eine immerwährende Ruhe finden, wenn ich das tyrannische Joch erboster Sterne von diesem lebensüberdrüssigen Fleisch abgeschüttelt habe.«

Omas Stimme wurde schwächer. Sie hob die Hand gen Himmel. »Mein Auge, sieh sie zum letzten Mal an; umfanget sie zum letzten Mal, meine Arme: und ihr, siegelt, o meine Lippen ...«

Omas Stimme erstarb, sie sank nach vorn und brach mit dem Gesicht voraus auf dem Boden zusammen. Sie blieb mit zur Seite gedrehtem Kopf liegen und sah dabei in die andere Richtung.

»Was war das?«, flüsterte ich Elvis zu.

»Romeos Sterbe-Monolog«, flüsterte Elvis zurück. »Erstaunlich, dass sie den nach all den Jahren noch auswendig kann.«

»Ich wünschte, sie hätte ihn vergessen.«

Es herrschte Stille. Omas Gesicht lag auf dem Teppich. Sie rührte sich nicht. Ich wartete angespannt darauf, dass der Kommandant etwas sagte. Es war ein riskanter Schachzug von Oma gewesen, sich tot zu stellen. Wenn sie es nicht geschafft hatte, den Kommandanten dazu zu bringen, die Invasion abzublasen, dann würde sie keine zweite Chance dazu bekommen.

Wir hatten unsere Karten ausgespielt, und nun mussten wir wohl oder übel abwarten, was passierte.

KAPITEL 32

Wir warteten.

Bill, Elvis und ich kauerten in Omas Flur und hofften auf ein Zeichen von Fettkloß, dass Omas Vorführung überzeugend genug gewesen war. Ich drückte die Daumen, machte mir aber keine allzu großen Hoffnungen. Omas Schauspiel war ... interessant gewesen. Das ist das Wort, mit dem Mum etwas beschreibt, von dem sie sich nicht sicher ist, wie sie es findet. Vieles von dem, was Dad kocht, ist »interessant«. Meine Kunstwerke sind ebenfalls oft »interessant«.

»Dreißig Minuten«, flüsterte Bill, die sprechende Stoppuhr.

Wenn wir den Bunker rechtzeitig erreichen wollten, mussten wir bald aufbrechen.

Ich linste durch die Tür. Von meinem Standort aus konnte ich den Fernseher nur von der Seite sehen. Oma hatte noch keinen Muskel gerührt.

Aus dem Augenwinkel konnte ich auf dem Bildschirm nur eine kurze Bewegung erkennen. Ich winkte Elvis und Bill heran. Wir drückten uns zusammen in den Türrahmen. Ich schloss die Augen und konzentrierte mich auf die Stimmen, die aus dem Fernseher kamen. Ich wollte kein Wort verpassen.

»Xylon!«, hörte ich den Kommandanten sagen.

Oma regte sich nicht.

»Xylon ist tot«, sagte der Kommandant nach kurzer Pause. Ich konnte nicht sehen, mit wem er sprach.

»Wir müssen eine Entscheidung treffen«, sagte eine strenge Stimme, die wir noch nicht kannten. »Wie lautet Ihre Empfehlung?«

»Ich weiß nicht, was ich davon halten soll. Xylons letzte Nachricht war sehr ungewöhnlich.«

»Könnte es sein, dass Xylon die Fronten gewechselt hat und mit den Menschen gemeinsame Sache macht?«

»Das ist unwahrscheinlich. Xylon hatte über die menschliche Rasse nur Schlechtes zu berichten. Er hat sie alle verabscheut; besonders die Kinder.«

»Könnte Xylon sich mit einem irdischen Virus infiziert haben?«

»Unmöglich. Er zeigte keines der erwarteten Symptome.«

Elvis und ich sahen uns entsetzt an. Unser Plan, die Aliens davon zu überzeugen, dass es auf der Erde von gefährlichen Viren nur so wimmelte, war gescheitert. Ich rieb mir müde die Augen.

Die strenge Stimme sprach wieder. »Vielleicht hat der menschliche Wirtskörper das Ende seiner Lebensspanne erreicht. Es war ja ein älteres Exemplar.«

»Das stimmt. Xylon hat die Vitalfunktionen des Wirtskörpers allerdings genau überwacht. Es gab keine unmittelbare Sterbewahrscheinlichkeit. Außerdem erklärt es nicht Xylons merkwürdiges Verhalten vor seinem Tod.«

Wieder folgte Stille.

»Es gibt noch eine andere Möglichkeit«, sagte der Kommandant. »Sie könnte erklären, was vorgefallen ist.«

»Und die wäre?«

»Die Implantation hat versagt und sowohl Xylon als auch den Wirtskörper umgebracht. Das Implantationsgerät ist nicht für menschliche Körper konzipiert worden und wurde von Xylon erstmals an einem menschlichen Wirtskörper getestet. Während seines Todeskampfs gab es Hinweise darauf, dass Xylon die Kontrolle über das Wirtsgehirn verloren hat. Er verhielt sich unberechenbar. Melodramatisch. Eher wie ein Mensch.«

»Stimmt«, pflichtete die andere Stimme bei.

»Wenn wir mit der Invasion der Erde fortfahren, könnte uns allen das gleiche Schicksal drohen wie Xylon«, sagte der Kommandant. »Wir könnten alle dahingerafft werden.«

In der darauffolgenden langen Pause schüttelte ich meine Beine aus. Die Aliens malten sich vermutlich gerade aus, wie es war, auf der Erde dahingerafft zu werden.

Endlich meldete sich der Alien mit der strengen Stimme wieder zu Wort. »Auf der Erde erwartet uns ein Risiko, das wir nicht einschätzen können.«

»Ja.«

»Pathenon ist sicher, aber unserem Volk gefällt die Aussicht nicht, die Körper der Pathenonianer zu bewohnen.«

»Ja.«

»Wir müssen uns zwischen den beiden Möglichkeiten entscheiden.«

»Und wir haben dabei keine Zeit zu verlieren«, stimmte der Kommandant zu. »Das Schwarze Loch kommt immer näher.«

Eine weitere lange Pause folgte.

»Ich habe eine Entscheidung getroffen«, sagte die strenge Stimme.

»Ausgezeichnet«, meinte der Kommandant. »Und wie lautet sie?«

Die nächste Pause war noch länger. Meine Hände ballten sich zu harten Fäusten, bis mir die Fingernägel in die Handfläche schnitten. Ich war voll und ganz darauf konzentriert, die nächsten Worte zu hören – Worte, die über unsere Zukunft entschieden.

»Ich entscheide mich für ...«

Ich stöhnte beinahe laut auf, als die Stimme erstarb, als hätte der Sprecher sich doch noch nicht endgültig entschieden. Wieder entstand eine lange Pause. Vielleicht wurde unser Schicksal gerade mit einer außerirdischen Variante von Ene Mene Muh besiegelt ... Erde ... Pathenon ... Erde ... Pathenon ... wen würde es treffen?

Meine Anspannung stieg, während ich darauf wartete, dass der Alien mit der strengen Stimme sich für einen Planeten entschied. Sie drückte von innen gegen meine Brust, als würde ich jeden Moment platzen. Doch ich musste dagegen ankämpfen, denn wenn ich schrie und meinen Kopf gegen die Wand schlug, würde ich unsere letzte Chance zunichtemachen. Ich presste die Augen zusammen und bemühte mich, langsam ein- und auszuatmen.

Ein und aus, ein und aus.

Vor lauter Atmen hätte ich beinahe das eine Wort nicht gehört, das die unerträgliche Spannung endlich löste: »Pathenon.«

Dann wurde der Fernseher schwarz und die Übertragung endete.

EPILOG

Es war wieder Sommer. Seit unserem Zusammenstoß mit Xylon und der Beinahe-Invasion der Erde war fast ein Jahr vergangen.

Ich wurde von der Sonne geweckt, die einen Strahl zwischen den Gardinen hindurch direkt auf mein Gesicht schickte. Ich drehte meinen Kopf von dem blendenden Licht weg und dachte über alles nach, was letzten Sommer und in den darauffolgenden Wochen geschehen war.

Jeder von uns hatte einen Beitrag dazu geleistet, die Invasion zu verhindern: Bill, Elvis, Oma, Houdini und ich, aber zu unseren Ehren hatte keine Konfetti-Parade stattgefunden. Keine Denkmäler waren für uns errichtet worden und niemand hatte uns in Talkshows eingeladen. Es war nicht einfach gewesen, diese Ereignisse für uns zu behalten, aber wir hatten keiner Menschenseele etwas verraten. Denn wer hätte uns das geglaubt?

Die seltsame Erscheinung am Nachthimmel – das Wurmloch – war am nächsten Morgen verschwunden gewesen und hatte sämtliche Astronomen der Erde in große Verwirrung gestürzt. Schließlich hatten sie sich darauf verständigt, dass das Auge am Himmel eine optische Täuschung gewesen sein musste, verursacht durch Strahlung von einer Sonneneruption, die an der Erdatmosphäre abgeprallt war – oder etwas in der Art. Alle anderen vergaßen den Vorfall im Nu.

Ich hatte erfahren, dass Oma unter Angina pectoris litt, einer Herzerkrankung, die Schmerzen in der Brust verursacht und sogar zu Bewusstlosigkeit führen kann. Xylons ganzes Herumgerenne in Omas Körper hatte einen akuten Anfall ausgelöst. Also hatte Oma den Zusammenbruch während ihrer Aufführung nicht gespielt. Oma erinnerte sich überhaupt nur wenig daran, aber sie freute sich, dass ihre Herzprobleme zu etwas gut gewesen waren, und das beschleunigte vermutlich ihre Genesung.

Elvis und ich hatten ihr geholfen, die teure elektronische Ausrüstung, die Xylon mit Omas Geld gekauft hatte, wieder zurückzugeben. Oma buchte von dem erstatteten Geld die Kreuzfahrt, von der sie geschwärmt hatte. Als das Schiff zwei Wochen später mit Oma in See gestochen war, hatte sie ein supergeheimes außerirdisches Gerät im Gepäck gehabt. Sie hatte versprochen, es an der tiefsten Stelle des Ozeans zu versenken. Bis zu ihrer Abfahrt blieb der Alienator im Turnschuh unter meinem Bett versteckt. Wir waren uns einig, dass mein Fußgeruch eine bessere Abwehrwaffe darstellte als ein außerirdisches Kraftfeld.

Ein Knurren unter der Bettdecke unterbrach meine Gedanken. Ein Blick auf die Uhr bestätigte, was mein Magen mir sagen wollte – ich hatte das Frühstück verpasst. Ich rollte aus dem Bett und wankte nach unten, um mir etwas zu essen zu holen.

Als ich in die Küche kam, saß meine kleine Schwester im Hochstuhl, vor sich eine halb leere Schüssel Haferbrei. Grace war jetzt fast zwei Jahre alt, und seit sie laufen konnte, nervte sie noch mehr.

Ich sah mich nach Mum um, bis mir einfiel, dass Mum gestern Abend einen Friseurtermin erwähnt hatte. Oma würde auf Grace aufpassen, solange Mum weg war.

»Ooooo-maaaa!«, rief ich, sah aus der Küchentür und lauschte auf eine Antwort. Das Haus war still, bis auf mein ungeduldiges Magenknurren.

Schulterzuckend nahm ich mir eine Schüssel und füllte sie mit Frühstücksflocken, dann ging ich damit zum Tisch. Ich beugte mich über die Schüssel und schaufelte mir die Flocken rein, damit der nagende Hunger endlich nachließ. Nach ein paar Löffeln fühlte ich mich besser und begann mich zu fragen, wohin Oma verschwunden war und wieso Grace, die sonst keine fünf Sekunden den Schnabel hielt, bis jetzt kein Wort gesagt hatte.

Ich hielt inne, den Löffel auf halbem Weg zum Mund. »Wo ist Oma?«, fragte ich und sah Grace an.

Seltsam. Graces Augen waren geweitet und fixierten einen Punkt hinter meiner Schulter. Das war mir unheimlich. Ich schwang in meinen Sitz herum, um nachzusehen, was sie anstarrte, doch die Küche sah aus wie immer.

Als ich mich zurückdrehte, schwang die Hintertür im Morgenwind ein Stück auf und wieder zu. Sie war nicht verriegelt, so als wäre jemand eilig hinausgerannt und hätte sie nicht ordentlich geschlossen. Aus irgendeinem Grund stellten sich meine Nackenhaare auf.

Endlich sagte Grace etwas.

»Oma weg.«

Ich drehte mich hastig zu ihr um. Grace hatte den rechten Arm gehoben und deutete damit auf die Tür. Sie hielt etwas in ihrer kleinen Faust, die pummeligen Fingerchen fest darum geschlossen.

Der Löffel in meiner Hand entglitt mir und landete mit einem lauten Klirren in der Schüssel. Milch spritzte über den Tisch.

In Graces Hand glitzerte der Alienator im Sonnenlicht.

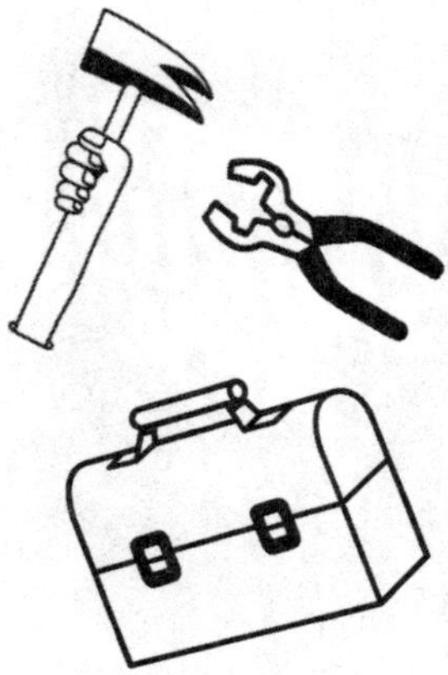

Luke ist zufrieden, solange er seine Nachmittage mit Videospielen verbringen kann. Was gibt es Besseres, als virtuelle Aliens zu jagen? Doch dann beginnt sein Vater zu nerven: Gegen Lukes Willen meldet er ihn beim Schul-Robotik-Team an. Gemeinsam mit Missy, dem gemeinsten Mädchen unter der Sonne, Lunchbox Jones, dem gefürchtetsten Teenager der Schule, und anderen schrägen Gestalten soll Luke einen Roboter bauen, der auf einem Wettbewerb vorgeführt werden soll. Doch bis es zum großen Wettkampf kommt, stehen Luke noch einige Überraschungen bevor ...